HERZLICHST

für HELGA

SALZBURG, GECCO

AM 16. Juni '10

Horst Hufnagel

Der Ruf der Großen Trommel

Arovell Verlag Gosau-Salzburg-Wien Mai 2008

Horst Hufnagel, Der Ruf der Großen Trommel

Erzählungen

Arovell Verlag Gosau-Salzburg-Wien Mai 2008

Erzählungen

ISBN 9783902547576

Buchnummer b57

Cover: Nach einem Acrylbild von Paul Jaeg

Der Ruf der Großen Trommel

I

Am Nachmittag treffe ich die verflossene Geliebte, wir trinken Wein, und wir lachen, wir erinnern uns, handzahm, ohne Absicht. Wir gehen in ihre kleine Wohnung, ich gehe auf sie zu, wie wird sie riechen, immer noch wie damals, die einstige Geliebte; ein Schatten legt sich auf die Begegnung, trübe Schlieren eines milchigen Nebels schieben sich vor die Sonne.

Ein schleimiges Grün, verwaschen, konturlos, grasgrün mit weißlicher Aufhellung an den Rändern,mit schwachbrüstigem Minzaroma, giftgrün der Stärkungstrunk zum modrig-abgestandenen Morgenkaffee von bleierner Schwärze, der Raum erschließt sich mir nicht, die Wohnung ist nicht die Meine.

In einem Vorstadtwirtshaus esse ich ein nichtssagendes Essen. Jenseits der Hügelkuppe übermannt mich der Schlaf, ein grauer Vorhang senkt sich über die konturlose Stadt,wie morsches Holz, ein sinkendes Schiff, träge fallen süßliche Düfte auf welkes Laub, auf schmutzigen Schnee.

....nach durchzechter Nacht gehe ich über eine schwankende Brücke......

Ja, damals, er war März, oder war es noch Februar, gegen Abend zog es mich an jenem ruhig gelegenen Fluss entlang, mit einer ungefähren Vorstellung, wo ich hinwollte, hinmusste, denn dort war mein neues Zuhause, heute stehe ich wieder vor dem Haus in der Elisabeth-Vorstadt, atme die Klänge des Vibraphons, bringe das Klavier zum Dröhnen, ja, Chopin-Etüden mussten es damals sein - oder war es Bartok? - heute folge ich dem RUF DER GROSSEN TROMMEL und ich gelange nach Itzling, es grummelt und wabert, vereinzelt blitzen Becken auf, ich quere den Alterbach, es zieht mich hinauf nach Maria Plain, in den Gastgarten neben der Wallfahrtskirche, dort, wo einst Leander die Geige aus dem

Geigenkasten nahm und jene schwermütigen, fast schwülstigen Weisen in den Abendhimmel schickte, die Weisen der Roma, seiner nie gekannten, weit entrückten Heimat, doch vergeblich, der Wind trug sie fort, über die Stadt hinweg, wo sie ohnehin kaum Gehör gefunden hätten - Damals, der blassrot-metallische Geschmack nach Dosenravioli, nach dem Unterricht ging ich in den GASTHOF ZUM TOURISTEN in der Linzer Gasse, die Gösser Bierstube, einmal saß dort Christian Dietrich GRABBE und stierte aus verschwollenen Augen durch mich hindurch, offenbar wollte er nicht mit mir reden, ich setzte mich woanders hin, an einen anderen Tisch, ich hatte Zeit –

Dann starb die Mutter in Wien, der Spittelberg nahm mich so auf wie später der Eigelstein in Köln, großzügig, assimilierend, mit fast gelangweilter Urbanität. Doch hier waren die Grenzen anders gezogen, an der Peripherie war der Wind rauher, immer öfter roch ich den tranigen Geschmack von Entsagung; hier waren Leanders Melodien Wirklichkeit.

Das Haus in Parsch,am Ende der Sackgasse, wurde immer nur für ein Jahr vermietet, komplett möbliert, die hellbraune Verwahrlosung allzu zweckmäßiger Kastenmöbel, Versandhausmöbel, Schlaf- und Gästezimmer – drei Stück an der Zahl - wie aus einer heruntergekommenen Vorstadtpension, allerdings ohne die bittersüße Frivolität von Stundenhotels oder die lästig-laute Betriebsamkeit von Autobahnabsteigen, nein; fahle Endzeitstimmung, ein Trauerjahr, ein Jahr des Vergänglichen, einerlei, ich musste meinen Stutzflügel irgendwo unterbringen und üben können, das Haus stand einzeln, der Mietzins war läppisch, ich durfte untervermieten.
Ein mürrischer älterer Mann mit fauligem Atem hielt den Garten leidlich in Ordnung, die meterhohen Hecken wucherten, blassblaue Sträucher zogen Kleingetier an, der hagere, faltige Greis tat seine Arbeit mit stoischem Gleichmut, ich gab ihm Bier und Zigaretten und ließ ihn ansonsten in Ruhe; das mochte er.
Es wehte der Geist von Georg Trakl und Claude Debussy durch das Haus, gelegentlich auch Arnold Schönberg, meist

4

taumelte ich allein durch die schwach beleuchteten Räume, zwischen Flaschenbier und Fertiggerichten, die banalen Bilder an den Wänden verschwammen in einem Nebel von Rauch und dem Hall des schwarzen Klaviers, Mozart hörte sich an wie Robert Schumann, diffus, unkonturiert; ich lernte viel in diesem Jahr.

Später dann das Haus in Graz, nächtens befülle ich im feuchtkalten Winter den Ofen im Keller mit Koks, drossele die Verbrennungstemperatur, wie ich es früher beim Vater gesehen habe, ich trete hinaus in den Garten, höre das dumpfe Dröhnen der Lastwagen von der nahen Autobahn, mal dunkler, mit silbrigem Schweif von Gischt, aufspritzenden Fontänen auf schwarzem Asphalt, mal konturierter in glasklaren, frostigen Nächten; ausdauernd spulen die Lenker Kilometer um Kilometer ab, bis in die bläulich-fahle Morgendämmerung, ein Rasthaus gewinnt Form und Gestalt, vielleicht auch nur der graue Streifen eines Parkplatzes, jetzt ist die Müdigkeit greifbar, ein paar Stunden Schlaf in der Koje; ich kenne das, ich fahre selber Lastwagen.

Sex; das Gemisch aus Fliederduft und ranzigem Schnitzelfett, ekstatisch, prickelnd, mal überraschend intensiv, ich tue mir nichts an, ich ziehe weite Kreise, ich bin ein mäßig erfolgreicher Antiquitätenhändler, der sich die Zeit nimmt, im Café Nordstern, beim Haring oder beim Lückl zu sitzen und Prosatexte zu schreiben.

An meinem Schlafzimmerfenster fährt der Rote Blitz vorbei, der erste, glaube ich, gegen fünf Uhr morgens.

Damals in Parsch war die Bahnlinie Klagenfurt nicht weit, oft schlich ich mich über die Geleise und ging nächtens Richtung Kühberg, der Wald roch feucht und finster, die Stimmung war eine andere, dem Sommer fehlte die Glut, während der Winter zahnlos war; doch einmal geriet ich in Schneeregen und traute mich nicht über die Geleise, suchte nach einem Übergang, fand ein matt erleuchtetes Haus, trübe rote und grüne Glühbirnen schwangen aufgescheucht im aufkeimenden Sturm, ein skurriler Tanz überdimensionierter Glühwürmchen, flankiert von Schneeflocken und immer noch vereinzelten Regentropfen, zögernd trat ich in das Haus, DON QUICHOTE fiel mir ein, wie er Einzug hielt in die Ritterburgen, die doch nur gewöhnliche Schankhäuser waren, ich jedoch kämpfte mit

5

restlos beschlagenen Brillengläsern und einem Windfang, dann empfing mich eine düstere Wirtsstube, - es war einer der wenigen Heurigen in Salzburg, gelegen an der Bahnunterführung unweit eines Altenheims, von zeitloser, mit einem Augenzwinkern vermoderter Herzlichkeit, ausgiebig labte ich mich an dem wohlsortierten Buffet, die wenigen Gäste waren alt und von leiser Berauschtheit, zottige Hunde umringten mich, nach einigen Vierteln war es mit, als würden Leanders Weisen mich streifen, sachte zogen sie an mir vorbei auf ihrem weiten Weg in die Welt aus der sie kamen.
Der Wind hatte nachgelassen, nun schneite es ausgiebig, meine Schuhe quietschten in der Nässe. Ich stellte fest, dass ich nur wenige Meter von meiner Behausung entfernt war.

Du entkommst nicht der Schwüle, die grau deine Schläfen zusammenpresst, auch nicht den schmetternden Fanfaren, die mit metallenem Getöse dein Blut zum Kochen bringen, eine wabernde Orgel über pulsierenden Basslinien lässt deine Lenden vibrieren; ein Rabe krächzt heiser und fliegt davon, du legst das Notenblatt zur Seite und wischst die den Schweiß von der Stirn.
Der Mirabellgarten birgt kaum Geheimnisse, anders später der Steirische Herbst, und ich fahre mit dem großen, schweren Wagen durch glitschigen, prasselnden Sommerregen, der Regen nagelt komplex ziselierte Rhythmen auf das türkisfarbene Autodach, damals war es noch türkisfarben, später spendierte ich dem Wagen eine neue Lackierung.
Sandras gelbes Kleid reizt mich zum Niesen, wenn sie in den Kurven versucht, die Beine übereinander zu schlagen. Ihr Lächeln leuchtet weithin und auf ihre Schenkel tropft Vanilleeis. Da bin ich schon wieder in Wien, genauer in Göttlesbrunn, und es wird bald Sommer, Sommer 1979. -

Verborgene Wünsche, Neigungen: die Nachbarin damals, sie bewohnte allein das Nebenhaus, im Winter brannte im Stockwerk ein trübes Licht fast die ganze Nacht, sobald es wärmer wurde, sah ich sie durch den verwilderten Garten spazieren oder auf einer hölzernen Liege in der Sonne dösen, ich sah sie vom Balkon oder spähte durch die Hecke, sie war groß und dick, ahnte wohl nicht, dass ich ihren spärlich verhüllten, massigen Körper bestaunte, trotz ihrer Korpulenz wirkte sie frisch und unverbraucht, sie mochte keine dreißig Jahre alt sein; selten verließ sie das Haus, empfing kaum Besuche, ich beobachtete sie gerne.

Einige Monate später, der Sommer war schon fast vorüber, sprach ich sie an. In ihrer Einfahrt stand ein alter Mercedes ohne Zulassung, seit ich im Nebenhaus wohnte, der Wagen stand schon da als ich einzog, wurde nie benutzt, im Winter sammelte sich der Schnee auf dem Dach, der im Frühjahr wieder wegtaute, die Wellblechgarage am Ende der Einfahrt wurde offenbar für andere Zwecke benötigt; der Wagen sollte mir als Vorwand dienen, mit der jungen Frau in Kontakt zu treten, letztendlich konnte ich ihn tatsächlich brauchen, wenn sie ihn hergeben sollte, denn ich hatte keinen eigenen, benutzte den der Mutter, wenn sie ihn mir überließ, doch die Mutter war schon krank und ständig übellaunig, ungern bat ich sie um etwas.

Die Nachbarin roch nach kaltem Zigarettenrauch und saurem Schnaps, legte mir gegenüber eine nassforsche, geradezu polternde Kumpelhaftigkeit an den Tag, sie hatte rein überhaupt nichts von jener entrückten, wohlbeleibten Diva, als die ich sie gesehen hatte, wie sie da leicht bekleidet durch ihren wuchernden Garten Eden lustwandelte; mit einer fleischigen Pranke zog sie mich aufs Grundstück, verkündete, sie sei die Franzi und schaute mit trüben Katzenaugen auf mich herab. Mit krächzender Stimme lobte sie mein Klavierspiel, ja, sie sei eine aufrichtige Bewunderin von mir, oft läge sie nachts im Bett und stelle sich vor, dass ich nur für sie allein jetzt spielen würde, ja, sie spüre meine talentierten Hände dann regelrecht auf ihrer Haut, - wieder zog die fleischige Pranke an mir, sie dirigierte mich an ihre Seite auf eine hölzerne Gartenbank, presste ungeniert ihren mächtigen Oberschenkel an den meinen und kam mir gefährlich nahe. Irgendwas an ihr stieß mich ab, hier stimmte die Chemie nicht, doch ich drängte aufkeimende Zweifel zurück, ich war jung, neugierig und kräftig, ich ließ mich treiben, offenbar wollte mich Franzi sozusagen en passant vernaschen.

Jäh stieß sie mich zurück, gerade, als ich mich an ihre essigfarbene Aura halbwegs gewohnt hatte und auf ihre eindeutigen Berührungen ebenso eindeutig reagierte, was mir denn einfalle, krähte sie, sie sei eine anständige Frau, - irgendwie glaubte ich es fast - und wenn ich nicht sofort das Grundstück verlassen würde, würde sie ganz ganz laut schreien. Silberne Schneeflocken rieselten von meinem Gehirn ins Genital, die Erektion war beim Teufel, mein Instinkt hatte mich nicht getäuscht, hier war einiges im Argen. „Das hör´ ich mir an" sagte ich halblaut und erhob mich, der Mercedes war mir mittlerweile egal. „Bitte, geh nicht", sagte sie leise, „es war nicht so gemeint." - Ich blieb noch eine kurze Zeit und vermied tunlichst jede Berührung. Das Bedürfnis, sie wieder zu beobachten war restlos verflogen.

Ohnehin zog ich bald aus, woran die Nachbarin keinen Anteil hatte, das Jahr war um, eine andere Bleibe gesichert, eher selten kam ich in jene Gasse, besah den alten, dem Verfall preisgegebenen Mercedes und hütete mich, über den Zaun zu spähen.

Anders die Küchenhilfe vom Peterskeller, unkomplizierte, sättigende Hausmannskost, der Geschmack von Salbei und Südwind, ich versank in einem Meer fast schwarzer Augen, doch ohne Klippen und Brandung, passende Optik und Chemie trennten die Lebenswelten, ich, der Musikstudent, ohne Plan und ohne Berührungsängste, sie, die Hilfsköchin aus dem fernen Südosten Europas, ein doch sehr ungleiches Paar. Bittere schwarze Wolken begannen ihren Himmel einzutrüben, die Sterne büßten an Konturen ein, zunehmend entzog sie sich mir, auf dass ich sie von neuem erobere, um sie ENDGÜLTIG in mein fernes Märchenschloss zu entführen, welches ich weder besaß, noch, im Falle, hätte bewohnen wollen.

Wieder anders die Grazer Bibliotheksangestellte mit dem Holzbein, von azurblauer Weite war ihr Verständnis von Schmerz und Qual, auch von trunkener Freude und heiterer Berauschtheit, niemals vorher - und später auch selten - hatte ich mich in der Gegenwart einer Frau so uneingeschränkt wohlgefühlt, täglich suchte ich ihre Nähe, in der stillen Bibliothek, in ihrem komfortablen Eigenheim, den rauchigen Duft ihrer langen, kastanienbraunen Haare, den zart salzigen Geschmack ihrer Lippen; sie lehrte mich, spirituelles Wissen zu vermitteln über den Austausch von Körpersäften, Himmel und Erde, ein erdfarbener Himmel, Begegnungen von

8

kosmischer Weite, blassgrau, fernab der Zeit, ein lodernder Sandsturm senkte sich in die kühle Nacht.

Sie sprach viel von ihrem Mann, der im Ausland arbeitete, der doch so völlig anders sei als ich, es wurde mir nicht klar, was er ihr bedeutete, was sie für ihn empfand, gewiss, die schmucke Behausung hätte sie kaum aus ihrem Gehalt bei der Bibliothek finanzieren können, doch andererseits war das nicht unser Thema, sie schien sich auch nichts daraus zu machen, würde er plötzlich bei der Tür hereinkommen, während sie in meinen Armen lag. Ich nahm ihn also als gottgegeben hin, bis er dann nach einigen Monaten tatsächlich auftauchte, leibhaftig, sozusagen; ein riesiger, breitschultriger Blondschopf mit Brille und Vollbart, er roch nach Bier und nach Pfeffernüssen, gar manches Mal zog ich mit ihm nächtens durch die Jazzkeller bis in die purpurnen Frühdielen, während Michaela – so hieß sie - für uns ein Frühstück bereitete, Gulasch mit Spiegeleiern, Heringssalat, Beef tartar, mal auch einen Shrimpscocktail, Bier, Sekt, ein Glas Schnaps nach Belieben; sie ging in ihre Bibliothek und wir schaufelten alles in uns hinein, gaben uns die letzte Ölung und schliefen unseren Rausch aus. Ihr war viel daran gelegen, dass ich mich mit ihm anfreundete, Hausfreundmentalität, fadsüßlicher Milchrahmstrudel mit abgestandener Kaisermelange, gegen Versorgungsängste ist alle Spiritualität machtlos.

Und schließlich die zwergenhafte Engländerin am Kölner Eigelstein, ihre permanent verdunkelte Mansardenwohnung sollte wohl ein Sündenpfuhl sein, schwüles Mini-Babel, zusammengestoppelte Matratzenlager als Lotterbetten, Gummipenisse aller Größen, von schockfarben bis schweinchenrosa, Tinkturen, Salben, Pflaster und Düfte, Vibratoren und Massageapperate, Kugeln und Zwillen, Hand- und Fußfesseln, Saugnäpfe, Stärkungspillen und Manschetten; das Kuriositätenkabinett aus einem Pornoversandhaus wirkte auf mich eher erheiternd als stimulierend, sie kam jedoch gleich zur Sache. „Magst du Filme?" fragte sie gleichsam beiläufig, wartete aber die Antwort nicht ab, sondern schob einen endlosen Kopulationsstreifen in ihr Videogerät, bei dem ich immer wieder aufatmete, dass mir wenigstens die Gerüche erspart blieben, sie zwängte ihren pummeligen Körper in teure

9

Reizwäsche, staubte Düfte und entkleidete mich mit der blütenweißen Routine einer Diplomkrankenschwester; mit kundiger Hand verschaffte sie mir eine stramme Erektion, und wenn mir auch schwante, dass sie mehr Wert auf die Verpackung als auf den Inhalt legte, so sträubte ich mich trotzdem nicht, die Inszenierung war gut, wir hatten einander bestens im Griff.

Sie setzte sich fortwährend unter Strom, ein Orgasmus jagte den andern, sie konnte nicht entspannen, nicht genießen, die ockerfarbene Spirale der Sucht hatte von ihr Besitz ergriffen, sie war keine glückliche Frau, die Vibratoren dröhnten in ihrem Kopf, sie spülte Schlaftabletten mit Martini hinunter, sank auf die Seite und röchelte in der Betäubung; anfangs hatte ich noch Bedenken, sie könnte zuviel schlucken, doch dann sah ich, dass es zu ihrem täglichen Training gehörte.

Fast drei Monate blieb ich bei ihr, dann rief ich einen Freund in Salzburg an, der eine große Wohnung hatte und mir einen Gefallen schuldete. Ich schrieb Nelly, - so nannte ich sie, obwohl sie anders hieß - noch ein paar Zeilen auf einen Zettel, den ich ihr auf den Telefontisch legte. Ohne Umschweife packte ich mein Bündel und stieg in den nächsten Zug nach Salzburg. Es war ein warmer, sonniger Vormittag, Anfang Juni 1993; ich glaube, Nelly war gerade mit dem Hund eines Nachbarn spazieren.

Grau prasselt der Regen auf den einsamen, nächtlichen Anhalter, ein dunkles, schweres Grau, weit nach Mitternacht, in der Gegend von Ostermiething, in Burghausen bin ich über die Grenze gefahren, die damals noch von einem Schranken gesichert war, zwei mürrische Zöllner treten aus ihrem Häuschen, kontrollieren mich, den Wagen - der nicht mir gehört - mit roboterhafter Genauigkeit, eine eigenartige grünblättrige Aura umwölkt sie beide, sie nötigen mich auszusteigen und den Kofferraum zu öffnen, mit steinerner Höflichkeit beantworte ich ihre Fragen, woher ich komme, wohin ich will; ich stehe weder im Fahndungsbuch, noch habe ich den Wagen gestohlen, ich weiß nicht, ob die Herren jetzt enttäuscht sind, wortlos öffnet einer den Schranken, der andere drückt mir durch das Wagenfenster meine Papiere in die Hand, macht eine jähe Kopfbewegung in die Richtung, in die ich jetzt fahre, eine stumme Aufforderung, verschwinde, schau, dass du weiterkommst. Einen Moment lang betrachte ich das feiste, verquollene Gesicht des zweiten Zöllners, schließe das Fenster, es umfängt mich Schwärze, es beginnt zu nieseln, dann, fast übergangslos zu regnen, wieder feucht glänzender Asphalt, von Scheinwerfern ausgeleuchtet, die Häuser sind dunkel, nirgends brennt mehr Licht, nur einmal, wenige Kilometer hinter der Grenze kommt mir ein Lieferwagen entgegengerast, vielleicht ein Zeitungstransporter, ich weiß es nicht, er verschwindet bald in der Nacht. Auch ich fahre zügig, denn ich bin müde und durstig, den ganzen Abend schon, die halbe Nacht sitze ich am Steuer, über Autobahnen, Landstraßen, Städte und Dörfer, silbriges Verkehrsgewühl und rostrote, staubige Felder, jetzt senkt sich die regnerische Nacht über die Gegend, auch die Dorfdiskotheken haben geschlossen, denn es ist ein Wochentag, kaum einer bleibt bis weit nach Mitternacht. Ich bin ein winzig kleines Gebilde, ein Glühwürmchen, das auf merkwürdigen Bahnen durch die kalte, nasse Nacht hopst, schon als Junge führte ich meine Modellautos mit sanfter Hand an den schroffen Klippen der Zimmermöbel entlang, durch die weiche Wattigkeit der Bodenteppiche, lasse sie in der Badewanne mit der Dusche nass regnen, trockne sie mit dem Haarföhn, spiele Autowaschanlage; ich kenne sie alle, jedes riecht anders, ich habe weit über hundert Stück.

Er habe mit der Freundin gestritten, stammelt der völlig durchnässte, verfrorene Bursche, er ist vielleicht achtzehn, wirkt verstört und gehetzt. Und wo willst du jetzt hin, mitten in der Nacht frage ich freundlich. Es ist Herbst, draußen kann er sich bei diesem Wetter den Tod holen. Er weiß es nicht, in die Stadt halt, er kenne da den einen oder anderen, bei dem er unterkommen könne, außerdem werde es ja nicht ewig regnen. Er schwindelt, ich merke es, und es ist ihm peinlich, dass ich es merke. Wir sprechen kaum, ich nehme ihn mit in die Stadt, gebe ihm Zigaretten, er qualmt hastig und fahrig, was mag dieser junge Mensch ausgefressen haben? Es fällt mir ein, ich war sechzehn, also nicht ganz siebzehn, als ich ausbüxte, ich hatte allerdings nicht mit der Freundin gestritten, denn ich hatte keine, ich hatte überhaupt nicht gestritten, nicht mit der Mutter, bei der ich lebte, schon gar nicht mit dem

Vater, von dem ich eine Adresse hatte, zwar kilometermäßig nicht übertrieben weit entfernt, empfindungsmässig allerdings Lichtjahre. Ich hatte nichts angestellt, flüchtete vor niemand, ich war das Leben des Pennälers satt, auch das Leben bei der Mutter, mit der ich allein ein ganzes Haus bewohnte, mit vielen kleinen Räumen, die im Winter ungenutzt, sprich ungeheizt waren. Meist saßen wir in der geräumigen Küche am Ofen, starrten in einen alten Schwarzweiß-Fernseher und schwiegen uns an. Ich weiß nicht mehr, was ich suchte, nicht die große, weite Welt, auch nicht die Traumfrau, am ehesten suchte ich Luft, Luft zum Atmen, die schwere, düstere Melancholie des Hauses schnürte mit der metallenen Intensität eines Schraubstocks meine Eingeweide zusammen, das staubige, stinkige Schulgebäude ließ mich Stufe um Stufe mehr austrocknen, aber nicht im Sinne eines ungestillten Wissensdurstes, denn einen solchen hatte ich nicht. In meiner Vorstellung ließ ich mir den Schädel an geeigneter Stelle aufmeißeln, durch das entstandene Loch schulisches Wissen hineinstopfen und das Ganze wieder ordentlich zugipsen, bei meinem vergleichsweise geringen Alter würde sich der Schwund durch Vergessen vorerst in Grenzen halten. Allerdings: der Junge neben mir, dessen schafsgesichtiges Profil ich aus den Augenwinkeln beobachte, ist ängstlich und verschüchtert, ich war es nicht, nicht in diesem Ausmaß; vielleicht hat er einen Vater,der trinkt und ihn schlägt, Geschwister, die ihn ausgrenzen, eine schwache Mutter, - einerlei, was kümmert mich dieser Mensch, doch, auch, wenn er anders ist, sehe ich in ihm ein Stück von mir, ein Stück Vergangenheit, auch ich trampte durch den nächtlichen Regen auf einsamen Landstraßen, schloss mich in giftgrünen Zugtoiletten ein, um das Fahrgeld zu sparen, schwarzbrauner Gestank von Eisen, Kohle und Fäkalien unter mir, über mit die schmierige, flackernde Glühbirne, auf einem verlassenen, nächtlichen Bahnhof steige ich unbehelligt aus dem Zug, als einziger, gehe zielstrebig auf ein matt erleuchtetes Haus hinzu und klopfe halblaut an die Fensterscheibe; ich werde erwartet, mein Freund öffnet mir, wir rauchen, hören Jimi Hendrix, trinken Bier. Der Ort heißt LINDEN.
Oder, ein anderes Mal, die unendliche Weite eines nächtlichen Schneegestöbers, der Wagen rumpelt auf festgefahrener

Schneedecke, ich fahre selber, durch tänzelnde, silbrige Pirouetten, lautlose Fratzen, mal höhnisch, mal gleichgültig vorüberhuschend, die Scheinwerfer tasten weiter, fressen sich in das flockige Getümmel, erzeugen einen eigenartigen Rauschzustand, mehr und mehr werde ich selber zu einem jener Myriaden Schneepartikeln, zu einem eisigen Pfeil, der schmelzend meine Haut durchbohrt, eine kurzlebig vorbeidriftende Existenz, doch ich kann nicht warten, mich nicht hingeben, mit felsenharter Konzentration muss ich das Auto auf der Fahrbahn halten, St. Michael heißt der Ort, St. Michael in der Obersteiermark, nicht das im Lungau, schon hinter dem Gleinalmtunnel leuchten wieder die Sterne.

Oder auch die mondhelle Nacht, der Freund, der zu berauscht war, um noch Auto fahren zu können, und ich ging kilometerweit auf der Landstraße, in gleichförmigem, dumpfem Rhythmus, die Augen in träger Monotonie nach vorne gerichtet, der Walkman war noch nicht erfunden, ich trat aus der Zeit, wie auf der Stelle, bis mich der freundliche Schwarze mit dem riesengroßen Chevrolet fragte, ob er mich ein Stück mitnehmen könne -

Ich erinnere mich an das Geräusch zerplatzender Seifenblasen, nicht eigentlich ein Geräusch, sondern eher ein Intervall, wie hingehaucht, eine große Terz, Seifenblasen zerplatzen in Dur -

Leander steht traumverloren am Salzburger Hauptbahnhof, im blaugrauen, feuchten Morgennebel, den zerkratzten Geigenkasten fest an sich gepresst, den schwarzen Hut tief im Gesicht studiert er Fahrpläne, er will nach Bregenz, die Möwen füttern am Ufer des Bodensees, die Geige klingt dort tiefer, fast ein wenig rauher, es gibt nur einige, wenige Keller dort, wo sie dich nicht hinauswerfen, aber einer ist besonders schön, roter Plüsch, roter Wein, unmerklich wird dein Vibrato schneller, auch unsere Weisen werden rötlicher, konturierter, Ebbe und Flut; und oben, am Gebhardsberg kannst du schauen, wie sie sich verlieren, verblassende Melodien im rauschenden Wind, sich behutsam vermischen, sanft und leise verflüchtigen; und der Wirt wird dir ein üppiges Mahl bereiten, satt und zufrieden schaust du über den Rand deines Rotweinkelches; es ist, wie wenn du über das Meer schaust.

Wortlos entlasse ich den Jüngling in die regnerische Nacht, nun muss er allein zurecht kommen. Ich weiß nicht, warum er unbedingt am Bahnhof aussteigen wollte. Der nächste Zug fährt frühestens in zwei Stunden.

II

Am Rande des diamantenen Feuerwerks reitet Hans der Trompeter auf einem Löwen zu Subaida, seiner Geliebten, seiner Prinzessin; er bringt ihr Klänge aus purem Gold, die ihre Hüften beben und ihren Leib erzittern lassen, doch der Löwe flieht vor dem Feuer und beide fallen in eine Nacht voll kühler Monde. Tänzelnde Schatten umkreisen sie und greifen mit fordernder Stimme nach Subaidas Krone, sie fürchten nicht Schmerz und Verachtung, nur das Licht kann sie zum Schweigen bringen. Im wabernden Rhythmus tiefblauer Orgelklänge gehen Hans und Subaida auf endlosen Treppen zum Haus auf dem Berg, unbehelligt, aber furchtsam; das Haus birgt ein unruhiges Flackern.

Eine grellweiß lodernde Flamme lässt die goldenen Klänge ersterben - falsch klingt die lockende, gurrende Stimme, es ist ein aschfarbener, störender Unterton spürbar, ein heiseres Knacken wie zerberstendes Porzellan, darüber ein verlogener Singsang; doch ich sitze fröhlich mit Hans dem Trompeter beim Wein, er macht sich Gedanken über die Hochzeit des Schauspielers, er komponiert ein Stück, das Stück heißt RAUSCHIGE NACHT.

Anderntags von bronzener Färbung der milde Aufstieg zum Kapuzinerberg, knackig knistert der Geschmack verjährten Schankweins in meinem Schlund, viele heitere Nachmittage verbrachte ich im Garten des Franziski-Schlössls.

Hinter schweren Mauern im fernen Frankfurt am Main rasten bizarre, schwärzliche Gebilde auf mich zu, der Mittelstreifen der Westautobahn, die langgezogene Rechtskurve kurz vor der Ausfahrt Regau, Richtung Wien, eine milchig-trübe, schwer fassbare Grenzlinie, hier ließ ich Salzburg zurück; wächsern auch der Traum von den Jazzkellern, der Weg ins Podium, ins Mexicano, die seifigen Tequilas benetzen spröde

Lippen, der Atem wird feurig, hungrige Augen füllen sich langsam mit Tränen, gehen wir zu dir oder zu mir; und ich erwache mit dem Geschmack von SALZ-
von pastellblauer Diesseitigkeit die Boote auf dem Fuschlsee, auch die Straße nach St. Gilgen findet den Weg in meine Träume, auf der Kuppe, im Ausflugslokal, dort bin ich nie gewesen, aber heute bin ich glücklich, zufrieden lenke ich meinen bedächtigen Schritt in die Gstättengasse, das Podium heißt jetzt anders, aber das macht nichts, und es ist Sommer, Sommer 1993 -
immer öfter trafen wir uns nun unter den Arkaden, gegen Abend, wenn die Schatten länger und die Tage kürzer wurden, wir sprachen einmal über den Tod, ein anderes Mal über DAS GROSSE ORCHESTER, und wir meinten jedes Mal etwas ganz anderes, bisweilen legte sich ein dunkler, samtener Schleier über das Geschehen, wie ein durchsichtiger Vorhang, dämpfend, aber nicht eigentlich verunklarend, oder Rauchzeichen, spiralige Symbolik, ein Schwall von unergründlicher Tiefe im silbernen Abendhimmel, Zeit zum Husten; wieder ein anderes Mal brachten wir nur unsere neuen Freunde und Freundinnen mit, um selber in einem anderen Licht zu erscheinen, es wurde kühler, man rückte dichter zusammen, dann und wann ergaben sich neue Konstellationen, immerhin konnte ein Kreis von Bewunderern kaum etwas schaden.
Eine Tagebucheintragung, eine Momentaufnahme, Protokoll einer Wahrnehmung, ein Delir, ein Rausch, möglicherweise ein Trugbild, jedenfalls sehe ich MICH - oder ist es ein anderer, eine Projektion, eine Halluzination? - von schräg unten, wie im Kino, ein doch schon sehr merkwürdiger Blickwinkel, die kleine Treppe zum Dorfwirtshaus hinauf TAUMELN, ja, TAUMELN ist der richtige Ausdruck, ein Außerirdischer in Jeans und Lederjacke, der Schwerelosigkeit entronnen, er hält sich mit der linken Hand an dem kleinen, eisernen Geländer, spürt kaum die grelle Kälte des Materials, rudert mit dem andern Arm, um die Balance zu halten, ein groteskes Gefuchtel, der Veitstanz eines Gestrandeten, setzt zögernd Fuß um Fuß auf die nächste Treppenstufe, - zehn oder zwölf sind es - hangelt sich hoch, wie in Zeitlupe, stöhnend und schnaufend, hält, oben angekommen, kurz inne,

legt dann schwer die Hand auf die Türklinke, reißt die Tür mit einem scharfen Ruck auf und stolpert in die Wirtsstube, kein betrunkenes Torkeln und Schwanken, erst recht kein Sinnentaumel, sondern pure Erschöpfung, fleischgewordene Übermüdung, es ist später Vormittag, vor einer halben Stunde habe ich den Lastwagen abgeliefert, dort, wo er hin sollte, die Wirtin im Dorfwirtshaus kennt mich, es ist das Dorf hinter Graz, wo ich wohne, immer komme ich vorbei nach einer anstrengenden Tour, um mich zu erden, ich spüre weder Beine noch Boden, denn ich bin ein ausdauernder Fahrer, die Wirtin bringt mir köstlichen, blumigen Weinbrand, er tut gut.

Oder später, in Frankfurt, wie spitz waren die silbernen Dolche, wenn sie sich scheinbar mühelos in die Seele bohrten, blutrot ist das Meer des Vergessens, auf dessen Grund du träge entlang dümpelst, du spürst weder Hunger noch Müdigkeit, präzis ist dein Aufmerken, sicher dein Urteil, du bist am Ende aller Wünsche und Möglichkeiten, allein beim Auftauchen erwarten dich grelle Peitschenhiebe und schmerzend schwarze Bitternis.

Köln, meine vorerst letzte Station, der Kölner Dom ist nicht der Steffl und der Steffl nicht der Kölner Dom, Gott sei Dank, will man meinen, eine grünweiße, trapezförmige Ordnung auf niederländischer Stadtplanung, erstmals erlebte ich hier eine bislang unbekannte Dimension des Begriffes STADTVIERTEL, eine barocke Mechanik, einer Spieluhr ähnlich, eine chemisches Laboratorium, amöbenhafte Wesen, ein Mikrokosmos eines Zoologischen Gartens, viele kleine Wasseransammlungen, die sich zu keinem Teich zusammenschließen, aus den Ödemen wird kein Geschwür - und mittendrin diese horrende Lichtempfindlichkeit, nirgendwo erlebte ich den Unterschied zwischen Tag und Nacht intensiver als eben in Köln, diamantene Härte und wattiger Schaum, ein merkwürdig plastisches Erlebnis zwischen Auferstehung und Höllenfahrt, ich genoss die verrufenen Gegenden, die zärtliche Sprache in den Spelunken, von der ich kaum ein Wort verstand, was Wunder, ich war kein Eingeborener, kein Ureinwohner; in Köln musst du buchstäblich zum Indianer werden.

Salzburg aus der Ferne, Postkartenkitsch aus der Vogelperspektive, alles ist Mozartkugel, Mirabellgarten, Kleine

Nachtmusik, St. Petersfriedhof und Hellbrunner Wasserspiele, säuerlicher Katholizismus, ältlicher, abgeschotteter, verstaubter Geldadel, Köln erblasst vor Neid, was willst du dort, was zieht dich wieder nach Salzburg, das Wetter ist schlecht dort, das Leben teuer, und ohne Protektion kannst du dort ohnehin nichts werden.

Salzburg, das ist auch der schwarze Mantel der Kollegin, den ich versehentlich nach dem Unterricht anzog, er passte, und ich bemerkte es erst im Bus, die Villa am Kai, die langsam im nebligen Abend verschwand, der Weg nach Parsch, sommers wie winters, mal leichtgeschürzte erotische Erwartungshaltung, mal heitere Beschwingtheit zwischen leuchtenden Punschkrügen und geschmacksarmen Maroni, der Aufstieg zum Bürgelstein in herbstlicher Dämmerung, ein sirrendes Rauschen, Blinken und Blitzen, sternfarbene Leuchtreklame von Erdwürmchen, Käfer, Larven, Insekten, ein samtener Rhythmus von Morsezeichen, wie von fern erklingender Becken, Tschinellen, Fingerzymbeln; weit reichte die Glut deiner Zigarette in der Nacht - auch - Akzeptanz, unscharf konturierte Biederkeit, ich bin nicht aufsässig, ich bin neugierig, lernwillig, entdecke den göttlichen Oliver Messiaen und übe nächtens seine vertrackten Klavierstücke, bis mich die Mitbewohner am liebsten zum Teufel geschickt hätten, - in der Tat musste ich bald ausziehen, das war schon am Arenberg, die merkwürdige Parscher Nachbarin blieb davon verschont, doch möglicherweise hätte es ihr gefallen.

Auch die ständige, leichte Berauschtheit, eine weißliche Vogelfeder im lauen Abendwind, oder das langsame Schmelzen der Eiszapfen in der Märzsonne, Wienerlieder in verwunschenem Goldbraun, schwarz sind die Flecken auf den vergilbten Partituren der Operetten, dünn und spitz der Sopran zum verstimmten Klavier, ein Rabe krächzt Heiterkeit, wie flüssiges Wachs kriecht träge der lauwarme Dreivierteltakt in die eindimensionalen Seelen, pergamentene Hände zählen abgegriffene Geldscheine, mild, aber wachsam kontrollieren modrig-gelbe Augen die imaginäre Bühne.

Die Sängerin im lachsfarbenen Kostüm riecht nach Weißbrot und klebrigem Zuckerguss, ihr eisgrauer Atem lässt mich frösteln. In dem sterilen Tonstudio wähne ich mich auf einer staubigen Geröllhalde, einer Steinwüste in trocken flimmernder Mittagshitze, ich denke an Sandra damals im Prater und spüre den Geschmack von SALZGURKEN - Cembaloklänge, wie Tannenzweige im kühlen Aufwind rötlicher Morgendämmerung, das Knistern schwarzer Nylons auf den ockerfarbenen, nicht mehr ganz prallen Schenkeln der Harfenistin, blassblaue Klangkaskaden auf rauchigem Sandelholzparfüm, mehr ölig-trübe, konturlose Frivolität als glasklare, messerscharfe Geilheit, hinter weicher Biegsamkeit der spröde Geruch welken Laubes, ferne Vergänglichkeit; im taghellen Saal bewegen sich hölzernen Schrittes lauter vertrocknete, alterslose Lehrerinnen, gesichtslos, ohne Erinnerung; ungleich schwieriger war es, das Morphin wieder aus dem Hirn auszuradieren.

Wie sagte gleich Subaida, als sie sich von Hans dem Trompeter verabschiedete, um in ihre Ägyptische Heimat zurückzukehren?: „Das Glück ist eine rückwärts gehende Sonnenuhr".

Einsam war die Nacht im Haus der toten Mutter, in dunklem Gebälk das Knistern der Holzwürmer, das Bücherregal gähnt leer und verlassen, die Bibliothek ist verstreut, buchstäblich ZERSIEDELT, meine tastenden Schritte hallen in den leeren Räumen, es wird finster, ich entzünde Kerzen, es gibt keinen Strom mehr, ausdauernd wandere ich durch das Haus, durch die Vergangenheit, hier vergoss ich Tränen, hier lachte ich, zum lieben war ich noch zu jung. Im feuchten Keller rascheln Mäuse, obwohl sie hier kaum noch etwas finden können, flinke, kleine, graue Tiere; schon der Vater hat ihnen mit Fallen nachgestellt. In dem flackernden, rußenden Kerzenlicht bin ich von großen schwarzen Schatten umgeben, ich finde nicht die Entriegelungsstange für die Falltür zum Dachboden; lange sitze ich auf dem Fußboden und trinke Wein aus der Flasche.
Am nächsten Morgen gehe ich zum Bahnhof, ein gut halbstündiger Fußmarsch, frühstücke dort und steige in den nächsten Zug. Ich werde das Haus vermieten. Meine Zukunft ist ungewiss, aber gesichert.

Auf einem graugrünen, aufgelassenen Fabrikgelände steht

Hans der Trompeter, ganz in die schwarze Farbe der Trauer gehüllt und der harte, weiße Klang der Trompete scheucht Myriaden von Stechmücken auf, die seine Silhouette unscharf werden lassen an den Rändern und den Strahl der Melodien eintrüben, bis hin zu quäkenden Klagelauten, heiseren Froschgesängen, wie eine silbrige Maultrommel in karger, öder Dünenlandschaft, schließlich ersterbende, kraftlose Hilferufe. Subaida ist weit weit fort.

III

Ich wollte einmal bei Manuela gewesen sein.
Präzise macht ihr Schlagzeug halt vor den hohen, alten Mauern, vor dem sorgsam gedrechselten Holz des Treppengeländers, der Balkonbrüstung, auch vor den Stukkaturen an der Decke des Herrenzimmers; sie findet Schlupfwinkel, die niemand vor ihr entdeckt hat, doch sie respektiert immer die Grenze, die Grenze des Materials und die unsichtbare Grenze des Klanges, der Luftsäule, sie teleportiert ihre Kaskaden hinter die Mauern, über das Dach, über den Garten hinweg, durch die Decke hindurch ohne ihr Schaden zuzufügen, eher im Gegenteil, sie lässt die Materialien an sich selbst gesunden, sie werden fester, widerstandsfähiger. Der Schlagzeuger ist ein Baumeister, das ist Manuelas Credo, er muss immer konstruktiv bleiben, niemals destruktiv, wer sich vom Schlagzeug eine Art Abrissbirne erwartet, die mit dumpfer Gewalt bereits geschwächte, morsche Strukturen einebnet, oder gar ein Säurebad, in dem sich in brodelndem, zischendem Schwall alles andere auflöst, der habe eben dieses Instrument nicht richtig verstanden.
Manuela hält Kurse, mal hier, mal dort, sie hat nicht den Ruf besonderer Verlässlichkeit, offenbar kann sie die Präzision ihres Spiels nicht auf ihre Lebensführung übertragen, sie bricht Schallplattenaufnahmen ab, wirft Kursteilnehmer ohne Angaben von Gründen plötzlich hinaus, um sich anderntags wieder bei ihnen zu entschuldigen, ist in privaten Dingen von schier unüberbietbarer Vergesslichkeit, zudem öfters einmal

krank und unpässlich. Vorauseilend ist ihr Ruf, einem ungesunden Lebenswandel zu frönen, was immer man darunter verstehen mag. Gelegentlich sieht man sie in den Spelunken der Rockmusiker, den verrauchten Kellern der Jazzer, meist bleibt sie unerkannt, hinter einer getönten Brille die dunkeln Augen, die kurzen, schon etwas ergrauten Haare unter einer Wollmütze verborgen, in wallende, dunkle Gewänder gehüllt, steigt sie spontan in Sessions ein, ihr kompaktes, schnörkelloses Spiel wirkt völlig entspannt, sie ist keine Jazzschlagzeugerin, sie trommelt vielmehr Sinfonien, - in der Tat hat sie in einem Rundfunkorchester begonnen - erzählt Balladen, Gedichte, Romane und baut ihre Klangdome, von deren Architektur sie die vollkommene Kenntnis hat, eine Ausnahmeerscheinung, nirgendwo einzuordnen.

Dann wieder taucht sie in Vorstadtwirtshäusern auf, wo ein kaum gespieltes Pianino steht, sie klimpert Bach und Gershwin, manchmal auch alte Schlager aus ihrer Kindheit, sie trinkt Schnaps mit einem Versicherungsvertreter, lümmelt schon einmal in zweideutiger Pose in einer drittklassigen Bar, hier wird sie endgültig abschalten, sie ist keine besondere Pianistin, und sie weiß das, sie gibt sich keine Mühe, das macht ihr Spiel locker, ihre Stimme kann zwar rauchig gurren, ist aber keine Singstimme, sie hat weder Volumen noch Bandbreite, das macht sie unverkrampft, die weit über die Landesgrenzen berühmte Manuela macht Ferien von sich selber, landet auf irgendeinem Lotterbett in den Armen eines zweifelhaften Galans, er wird sie nicht kennen, vielleicht nicht einmal wiedererkennen, und das ist gut so. Jeder Verehrer, der sich bislang ernsthaft um sie bemüht hatte, wurde buchstäblich hinweggetrommelt; von gnadenlosen Paukenwirbeln zerzaust, vom wilden Zischen der Becken gepeitscht, suchten sie alle das Weite, doch, eigenartig genug, getreu Manuelas Credo von der reinigenden, konstruktiven Kraft ihres Schlagzeuges wurden sie hinfort zu besseren Menschen, sie wurden toleranter, hilfsbereiter, friedfertiger.

Ich wollte einmal bei Manuela gewesen sein.

Manuela ist ein Chamäleon; auch ich bin nicht gefeit, womöglich in irgendeinem Kaffeehaus gerade einmal zwei Tische entfernt von ihr zu sitzen, ohne sie überhaupt zu erkennen, auch ich höre in einem beliebigen Jazzkeller nicht nach wenigen Takten, dass sie - und keine andere - hier am Schlagzeug sitzt, sitzen muss, denn dem ist nicht so. Sie tritt offiziell nicht in Combos auf, sie ist Solistin, was sie nicht daran hindert, einen Tross von Begleitern, Komparsen, Helfern und Speichelleckern um sich zu scharen, sie zelebriert ihre Auftritte mal schrill, mal schreiend bunt, sie lässt sich in einem eigens für sie angefertigten Thronsessel über die Bühne tragen, auch wieder von der Bühne weg, die Träger ächzen und schwitzen unter der Last, sie tun es für Manuela, weil sie sie lieben, und sie wird sie wieder und wieder verprellen, brüskieren, sie wird sie zum Essen einladen in ein griechisches Restaurant und selber nicht erscheinen, weil sie weiß, dass niemand nur zum Essen kommen wird, sondern um einen Abend lang an einem großen Tisch sitzen zu dürfen mit IHR, mit Manuela.

Beim nächsten Auftritt gibt sie sich puristisch, hemdsärmelig schlurft sie zu ihrem Schlagwerk, die ganze Bühne ist angehäuft mit Trommeln, Becken, Gongs, Tschinellen, Pauken, Ratschen und allerlei Kuriositäten, die sie sich selber auf ihren Reisen zusammenkaufte, sie gibt sich artistisch, virtuos, auch der abgebrühteste Konzertbesucher reibt sich die Augen, ist fasziniert, überwältigt von der Klangfülle, vom Tosen der Brandung, von dem Raunen aus einer anderen Welt, vom fliegenden Teppich des Märchenerzählers, von Manuela eben.

Ich sehe sie auch in einer anachronistisch anmutenden Hippie-Formation, ein entrücktes Ballett alters- und geschlechtsloser Wesen, die sich zu spärlichen Klängen in konzentrischen Kreisen bewegen, sie schreckt nicht davor zurück, Maultrommeln und Fingerzimbeln zu verwenden und ihnen eine furchterregende Dynamik einzuhauchen, gelegentlich duldet sie Mitspieler, um einen Raumklang hervor zu heben, denn bei ihr gibt es keine Tonbänder, keine Lichteffekte, keine Elektronik, alles ist manuell, alles ist Manuela.

Dann wieder Akkordeonklänge, zerdehnt, wie gelblich-weißer Brei von überreifen Bananen, ohne Schnapswürze, flach, kurzatmig, beliebig, ein eckiger Rhythmus hustet vergeblich über die zähflüssige Masse, eine angetrunkene Horde gibt einen schweißigen Kontrapunkt, Manuela als drittklassige Einpeitscherin in irgendeiner Schankbude an der Peripherie, zwischen Doppellitern und Surschnitzeln, inmitten von rotgesichtigen Spießbürgern und überdimensionierten Schlachtschüsseln, ein trüber Gestank von Salmiak und Verwesung; offenbar muss sie sich von Zeit zu Zeit den Anschein von Mittelmäßigkeit geben.

Manuela in Salzburg, sie wohnt im Haus der Mutter die es wiederum von ihrer Mutter erbte, ein angejahrtes Zinshaus im Norden der Stadt, die Wände haben Risse, Manuela spielt hier kaum, zu fortgeschritten ist der Verfall des Hauses, als dass sie ihn mit ihrem Schlagzeugspiel rückgängig machen könnte, lediglich zwei kleine Übungsschlagzeuge mit Kopfhörer nimmt sie dann und wann in Betrieb, zum Skizzieren, einen Rahmen zu setzen für eine Komposition, wie ein Maler beispielsweise ein Ölbild skizziert, mit dem Bleistift vorzeichnet, eine Idee festhält, manchmal notiert sie etwas, doch meistens behält sie alles im Kopf. Oder sie verbringt ihre Zeit damit, Gegenstände in dem geräumigen Stockwerk, das sie mit der Mutter teilt, umzuschlichten, eine Kommode hierhin, eine Sitzgruppe dorthin, ein Wandteppich wird ausrangiert und durch ein Bild ersetzt, sie passt ihre Schlafzimmerbeleuchtung der Jahreszeit an, obwohl sie kaum schläft, auch Schäferstündchen sind ihre Sache nicht, allfällige Besucher sitzen im Musikzimmer und fachsimpeln oder halten schlichtweg Maulaffen feil. Manuela macht auch vor der Küche nicht halt, Besteckladen werden umgruppiert, Schöpfer an Wänden ab- und anderswo wieder aufgehängt, die Anordnung der Trockengewürze neu überdacht, allerdings nicht zwangsläufig solche eliminiert, die im Laufe der Zeit ihr Aroma eingebüßt haben, denn gekocht wird in dieser Küche kaum, dafür ist die Mutter zuständig, nebenan. Manuelas Mutter heißt ebenfalls Manuela, wird aber zur besseren Unterscheidbarkeit Ella gerufen.

Manuela leidet nicht an Waschzwang oder Putzsucht, Seifen und Zahnpastatuben bleiben von ihrer Sortierung weitgehend verschont, Reinigungsmittel für Wohnutensilien werden benutzt oder der Wirkungslosigkeit anheim gegeben, durch ihre umfassende Beschäftigung mit allen Gegenständen erlebt Manuela eine Art innerer Erneuerung, sie wird eins mit den

Dingen, um sie, gleichsam gereinigt, wieder abzustoßen; einleuchtend, dass Seifenlaugen und Staubtücher hier nicht viel hergeben.

Beim Lachen zerspringt Manuelas Gesicht wie in tausende Splitter von Sonnenstrahlen, rötlich-goldener Glanz beim morgendlichen Blick aus dem Fenster, eine Eisblume im Hochsommer, oder auch ein silberner Sternenhimmel, ein abklingender Rausch, fahrendes Volk am Horizont; Manuela lacht eruptiv, lautstark, sie übertreibt gern, sie lacht auch gern Leute aus, verhöhnt sie regelrecht und hat ihren Spaß daran, aber der Weg zur Wahrheit ist weit, und sie weiß das. Ich wollte einmal bei Manuela gewesen sein.

Anfangs interessierte mich ihr Spiel, ihre Technik, ihre Musikalität, doch sie faserte, splitterte, franste aus, je näher ich ihr kam, um so mehr entzog sie sich mir. Ich belegte bei ihr einen Kurs, eine mühsame, kostspielige Angelegenheit auf irgendeinem verwunschenen Schloss, den Kurs hielt nicht Manuela, sondern eine schwergewichtige, bundesdeutsche Sängerin, die als Assistentin fungierte. Ich lernte viel über Raumklang, kam aber an Manuela nicht heran. Am Ende des Kurses verteilte die heiß erwartete Manuela im Foyer Testate, eine mürrische, abweisende Frau im olivgrünen Schlabberlook lümmelte in einem Fauteuil und drückte ohne aufzusehen einer artig vorbeidefilierenden Horde Zettel in die Hand, mir war das zu blöd, ich fuhr ohne das begehrte Testat wieder heim, ohnehin war ich nicht bei Manuela gewesen. Sie hätte mich besser mit einem Papierflieger beworfen, einen solchen hätte ich zweifellos in Ehren gehalten.

Viele Jahre später dann, ein Abend bei Manuela, ich schmurgelte für etwa zwanzig Gäste Szegediner Gulyas, es hat sich herumgesprochen, dass ich etwas von der Kochkunst verstehe, der Anlas mag irgendein Geburtstag gewesen sein, ich weiß nicht mehr wessen Geburtstag, denn alle haben hier im März Geburtstag, Ella, Patrick, ihr Freund und eben Manuela, einleuchtend, dass man die Geburtstage zusammenlegt; ich gehe von Wohnung zu Wohnung, stelle große Töpfe mit Gulyas auf die Öfen und halte sie leise am Simmern, bereits am Morgen habe ich eingekauft und vorbereitet, Ella und Patrick wollten mir zur Hand gehen, sie gingen mir zur Hand, ich konnte es nicht verhindern, Manuela

schlief noch, sie wäre mir nicht zur Hand gegangen.
Manuela, die mittelgroße, rundliche Frau,sie riecht nach
Sesam und Kamille, auch nach Trockenhefe, Eisen und
Rauhleder, fallweise nach Schnaps und Zigaretten, in ein paar
Stunden wird sie berauscht sein, werden wir berauscht sein,
wir alle, und Manuela wird mich fragen, ob wir noch irgendwo
hingehen wollen, in eine Kneipe, unter die Leute, auch in
mehrere Kneipen, und sie wird auch die anderen fragen, und
alle, die ja sagen werden mitziehen durch die Bars, die Pubs,
die Keller, die Spelunken, ich werde dabei sein, im Tross von
Manuela, werde Arm in Arm mit ihr durch die nächtlichen
Gassen stolpern, und es wird das sein, was ich mir immer
gewünscht hatte, und ich werde stolz auf mich sein, denn ich
wollte so gern einmal bei Manuela gewesen sein und nichts
sonst -

Weit ist der grüngelbe Horizont, eine samtene Wiese über die
sich ein bläulicher Nebel legt, auch der Geschmack von Urin
und Quecksilber, der geträumte Flugzeugabsturz, das
Eisenbahnunglück, der Autounfall, Manuela reicht mir die
Hand und zieht mich aus dem Wrack, mit milde strafendem
Gesichtsausdruck; junger Freund, was hast du jetzt wieder
angestellt, doch ich entwinde mich ihrem saugenden Griff und
sterbe vor ihren ungläubig staunenden Augen einen
wächsernen Tod.
Groß ist das Verlangen nach der giftgrünen Tinktur von
schalem Minzgeschmack, in verborgenen Winkeln
unzugänglicher Berge destillierten zahnlose Männer
unbestimmten Alters mit flackernden Augen und
pergamentener Haut den begehrten Trank, wuchteten
Sisiphos gleich , jahraus, jahrein Myriaden von Fässern in
bereitgestellte Hubschrauber, die, trunkenen Wespen gleich,
träge schwankend in einen trüben Himmel entschwebten; oder
sie mischten ihn mit Schlafpulvern oder Kokain oder beidem,
der Blindflug einsamer Abenteurer, Entdecker entlegener
Gegenwelten, sie landeten gleich sorglos sinkenden
Luftballons am Strand des gewaltigen Meeres, am Ufer der
endlosen Seen, dösten zufrieden in kurzer, drückender
Windstille, bis die Trompete sie weckte, leise quäkend,
Schalmeien gleich, näherte sie sich auf dem Rücken der

sanften Brise des Abendwindes, zerteilt den bläulichen Nebel, schemenhaft sichtbar wird die Gestalt von Hans dem Trompeter -

-bei der Ankunft am Bahnhof verlangsame ich unwillkürlich meine Schritte-

Der Klang der Trompete dringt näher an mein Ohr, eindeutiger, entfaltet sich von dumpf modernder Traurigkeit zum verhalten singenden Choral, zur sonnig-goldfarbenen Melodie, der schleimig-finstere Nebel, der eben noch dem Smog einer Großstadt gleich den Atem lähmte, verzieht sich, die Sonne kehrt zurück, die Trompete strahlt, eben war noch Abend, nun ist wieder Mittag, die Zeit geht rückwärts, Hans der Trompeter verjüngt sich Kraft seines Spiels um Jahre, der große, starke junge Mann schickt feurige Kaskaden zur gelb am Himmel brennenden Sonne, alles hinweg fegende Jubelschreie, ein ekstatischer Freudentanz zur ewigen Melodie des Lichtes, atemlos, immer wilder werdend, die Sonne zeigt bereits späten Vormittag, trunken sinke ich auf ein Bett aus kühlem Laub, schmecke Eukalyptus, ranziges Menthol, spüre sanft dräuend die Vibration der Erde - Manuela -

Manuela, Erfinderin und Hüterin der Zeit, sie rettet Hans den Trompeter auf der Welle alles verzehrender Glut, jedoch ohne ihn zu bremsen, sie begleitet ihn, nimmt ihn an der Hand, setzt Kontrapunkte, hält Zwiesprache, sie duellieren sich, Manuela ziseliert mit feinem Pinselstrich ihre kristallenen Klangräume, der Trompeter jubelt nicht mehr, sondern huscht darüber, abwehrend, unwirsch, ein im Käfig gefangenes Tier.

Lange zurück liegt der Nordseestrand, der sandfarbene, metallische Geschmack von Bier und Heringen, der salzig-herbe Duft nach Austern, dann wieder ranziges Sonnenöl auf zänkischen Bräuten, das Geschrei hungriger Kinder, näselndes Greinen von verhaltener Wut und Traurigkeit; beim Heimgang gewahrte ich den großen, rotblonden Mann mit dem zerfurchten Gesicht, der mit einem ledernen Riemen seinen Schäferhund züchtigte, in trägem, gleichmäßigen Rhythmus fielen die Hiebe auf den Rücken des vor ihm liegenden Tieres, bei jedem Schlag durchfuhr den Hund ein Zittern, er ließ einen dumpf klagenden, vibrierenden

Schmerzenslaut hören, starrte ergeben hinauf zu seinem Peiniger, ich, ein Kind noch, hielt inne, gleichzeitig fasziniert und angewidert von so viel Brutalität und Niedertracht, doch die Mutter zog mich fort, wortlos, wohl auch ratlos, wenig später dachte der grobe Kerl offenbar, der Hund sei genügend gestraft und setzte seinen Weg fort; artig ging das Tier neben ihm her.

Weit ist das rote Band der Erinnerung, mein milde umflorter Blick durchmisst Jahrzehnte, Wogen türmen sich auf, Wogen auf dem endlos grauen Meer des Vergessens, eine Zeitreise auf Manuelas sirrenden Becken, die schmerzend konturierte Klarheit des Trompetentons; ich spüre den grünweißen Dunst von Ejakulat und Erbrochenem auf den Gängen des schauderhaften Internats, später, in meinen Träumen, waren die Gänge endlos, spiralig sich fortpflanzende Würmer ohne Anfang und Ende, ohne Beginn oder Ziel, und ich pisste süßlich dampfende Fontänen an jede Biegung, jede Kreuzung an die ich kam, späte Genugtuung, der surrealistische Rachefeldzug des damals unverstandenen Knaben, skurril, an der Grenze zur Lächerlichkeit.

Ich erwache mit dem gallenbitteren Geschmack von Zement, körniger Brechreiz lässt mich zum Fenster wanken und ich übergebe mich in einen trüben, regnerischen Herbsttag, beim Zerbeißen machen die roten Kapseln ein schmatzendes Geräusch, schleimiger Vorbote heiterer Gelassenheit, scharf ist der Geschmack nach Senf und Muskatnuss, Holundermark und Hagebuttentee, pelzig zergeht die Gelatine auf der Zunge; ein verwelktes Mauerblümchen mit plumpen Händen und blutleeren Lippen erstrahlt zur bösen Fee, zur gottlosen Nymphe, dampfend ist der Schweiß der Verführerin, ein Gemisch aus Weihrauch und flüchtigem Brennesselschnaps, in langsamen Rhythmen von verhaltener Glut wächst sie über sich selbst hinaus, wirft ihre hässlichen Kleider weit von sich und gibt sich LEANDER hin, der kokett mit der Geige lächelt, ein traumverlorener Orgasmus zu nunmehr hartem, wild zuschnappendem Bogenstrich, in silbrig-blauen Kaskaden finden sich ihre Lippen zum Tanz, schmeichelnd säuselt die Geige zu einem verhaltenen Choral der Trompete, ein schäumendes Meer von Zwischentönen; Manuela hält inne, noch türmt sie keine Wogen auf, lässt keine Brecher ans felsige Ufer, HANS DER TROMPETER und LEANDER müssen aneinander wachsen, aneinander gesunden, MANUELA macht sie zu besseren Menschen.

Das kleine, ockerfarbene Büfett gleich links neben der Einfahrt zum Wiener Hanuschkrankenhaus, mit grünen und violetten Reflexen der Doppelliterflaschen, dem salzsauren Geschmack von Hartwürsten und Leberkässemmeln, dem abgestandenen Geruch von Wein und Tabakrauch und ärmlicher, mümmelnder Greisinnen, fallweise auch nach Rosinenkuchen und Pulverkaffee, Staub und Pomade, seltener Äther und Azeton, Krankenhauspersonal verkehrt hier kaum, selten kauft einer Wasser oder Limonade oder Süßigkeiten als Mitbringsel für einen Patienten, denn die Stationen haben ihre eigenen Lieferanten, selten kauft sich ein Pfleger nach der Nachtschicht am frühen Morgen dort eine Flasche Bier oder ein Glas Wein; oft kommt der pensionierte Straßenbahner mit dem Pudel, der nur noch drei Beine hat, ständig die Friseurin, die in der Gegend arbeitet und in Floridsdorf wohnt, eine mittelgroße, nicht übertrieben schlanke Frau mit einem aufdringlichen Parfüm und großen, fragenden, dunklen Augen. Sie trinkt gern viel und spricht wenig, raucht immerzu; oft bemerke ich gar nicht, wenn sie schon wieder weg ist, zwischen sechs und sieben Uhr abends ist hier Gedränge, ihre alles überlagernde Parfümspur hält sich lange in dem kleinen Raum.

Der Abschied war leise und von milder Endgültigkeit, nach dem Tod der Mutter kam ich kaum noch in diese Gegend.
Ein Viertel Wein kostete dort sieben Schillinge. Oder waren es acht?

Flirt

Die Stimme kenne ich. Die Art zu reden , ich meine, die Art zu reden. Wie er dann den Kopf in den Nacken legt, schräg nach rechts, seltener nach links, und die Stirn in Falten. Den Blick bedeutungsschwer in weite Ferne. Nach nirgendwo. Ich spüre seine Stimme. Natürlich redet er Unsinn, ich höre nicht auf das, was er sagt. Nur auf die Stimme. Seine Stimme. Meine Stimme. Stimmengewirr. Wenn ich ihm ins Wort falle. Ins Wort fallen würde. Ich würde kichern. Wahrscheinlich würde ich kichern. Kichernd würde ich ihm ins Wort fallen. Die Stimmung würde kippen. Denk ich mir, könnte ich mir vorstellen. Aber ich trau´ mich sowieso nicht. Ihm ins Wort zu fallen. Ich sehne mich nach einer Berührung, zärtlich, verheißungsvoll, mit verhaltener Glut. Und irgendwie ohne Absicht. Doch bis jetzt redet er nur. Die Stimme gewinnt an Kontur, ich höre jetzt, was er sagt. Es ist gar kein so großer Unsinn. Aber es ist unwichtig. Thesen. Sachverhalte. Schlussfolgerungen.

Melanie an der Autobahnraststätte, aufdringliches Parfüm auf ranzigen Gewändern, Benzindunst in flirrender Sommerhitze, lauwarmes Coca-Cola tropft auf fleischige Oberschenkel, du musst einen Gang zurückschalten, die Begegnung ist zufällig, ungeplant, möglicherweise nicht einmal gewollt, der Name muss nicht stimmen, Namen sind Schall und Rauch, insgeheim nenne ich sie Elfie, sie erinnert mich an eine andere Elfie.

Andreas, noch im Rollstuhl, am Hubschrauberlandeplatz, kurz nach dem Unfall, Michaela schiebt den Rollstuhl, später dann schiebt Andreas Michaela im Rollstuhl, sie hat sich hineingesetzt, spaßeshalber, wie sie sagt, Andreas geht noch schwer am Stock, aber er wird wieder, sagen zumindest die Ärzte, und beide sind guter Dinge, sie erfahren sich neu, gegenseitig.

ich versinke fast im meer seiner augen sie wechseln die farbe immer wenn er etwas getrunken hat tendieren leicht ins grünliche sein atem riecht nach wein aber leicht und duftig er stinkt nicht nach alkohol und wirkt nicht berauscht ich will auch von dem wein leicht wie eine feder will ich davonschweben ihm den weg zeigen den weg zu mir und hinter den sonnendurchfluteten gärten werden sie charly parker spielen oder mozart und wir werden unsere körper verlassen im biegsamen rhythmus der musik um beim wiedereintreten uns ganz ganz stark spüren zu können -

Das Warten am Bahnsteig auf das Eintreffen des Zuges, der Zug hat Verspätung, Fernzüge haben immer Verspätung, die Holzbank ist hart und flach, sachte, ganz langsam schiebt sich die Abenddämmerung über die Geleise, sie taucht das Geschehen ins Bläuliche, die Geräusche verbreitern sich, auch das Bier schmeckt kaum merklich anders, krächzend verkündet eine Stimme: NOCH ETWA ZWANZIG MINUTEN BIS ZUM EINTREFFEN DES ZUGES, schräge Vögel lungern vor der Bahnhofsapotheke herum, auch beim Bier- und Weinausschank, Gedränge im Tabakgeschäft und vor dem Blumenladen - der Zug stößt die Menschenmassen aus, Endstation, schwach konturierte, fahle Gesichter, das Gesuchte ist nicht darunter, schwer würgst du an der Enttäuschung, heute kommt kein Zug mehr an, zumindest nicht aus der gleichen Region.

Im Traum legte sich mir eine Hand auf die Schulter, eine kleine, feste Hand, wohlig gab ich mich hin dem sanft saugenden Griff, bis er mich förmlich auszusaugen drohte, immer größer wurde die Hand und immer mächtiger, stärker und schwerer und ich immer kleiner und schwächer, bis ich ein Nichts war, ein schlapper Luftballon in jener entsetzlichen Riesenhand, die mich nun mit verächtlicher Geste fortwarf, irgendwohin, und ich hörte das Dröhnen von Flugzeugmotoren.

Später dann, unter den Arkaden, ich borgte mir deine Aura und du dir die von jemand anders, wir bildeten Zirkel, Theatersequenzen gleich, alle zusammen verströmten wir den Rauch der Eitelkeiten und der Geilheit, flugs zimmerten wir uns Eiszeiten und Fegefeuer, taumelten allzu berauscht durch glibbrige Untiefen, eine milde Luft hieß uns Kleider tauschen, ekstatische Höhenflüge, wenig dauerhaft, das Gedächtnis des Geschlechts ist unscharf.

(Andererseits, zur Frage der Dauer, sie entsteht aus Ängstlichkeit, bürgerlichen Konventionen und Vorurteilen, in solchem Wasser schwimmt kein Fisch aus freien Stücken, oder du nennst es Sicherheit, Sicherheitsdenken, man nimmt, was man kriegen kann, der Spatz in der Hand, und so mauerst du dir dein eigenes Gefängnis, was tut es, auch Körpersäfte unterliegen der Schwerkraft.)

Vom Straßencafe aus sehe ich WINNIE durch die Fußgängerzone stampfen, im giftgrünen Minirock und schwarzen Netzstrümpfen, schwitzend in dunkler Jeansjacke über einem goldfarbenen Träger-Shirt, WINNIE beim Einkaufen, auf dem Weg zum Rendezvous, vielleicht auch zum Friseur, denn ihr dunkelblondes, knapp schulterlanges Haar ist zerzaust; WINNIE nicht beim Flanieren, dafür geht sie zu schnell, zu wichtig, zu zielorientiert, WINNIE auf der Suche nach Nahrung, einem Durstlöscher an einem präzise zu benennenden Ort, sie schaut nicht rechts und links, denn sie sieht schlecht, oder will schlecht sehen, will vor lauter Menschen keine Personen sehen, und sie hat auf ihre Art recht. Ihr linkes Bein ist kürzer, wollte irgendwann nicht mehr mitwachsen zu ihrer respektablen Größe von gut einem Meter fünfundsiebzig, sie hinkt merklich, das Hinken ist sozusagen zu ihrem Markenzeichen geworden, sie hat es trainiert, zeitweilig übertrieben, vielleicht, um sich interessant zu machen, um aufzufallen, ein sinnloses Unterfangen, denn sie fällt ohnehin auf, eine schwer fassbare Mischung aus Bauerntrampel und Hartgeldhure, rührender Unbeholfenheit und schriller Aufmachung, völliger Ignoranz und intellektellem Hochmut; schon vor einiger Zeit war sie mir hier in der Stadt aufgefallen, ich nannte sie WINNIE, zumal von ihr etwas eindeutig Zweideutiges ausging, zwitterhaft die Aura in einem eindeutig weiblichen Körper, WINNIE vielleicht ein Kürzel für WYNONA oder WYNANDA (oder eben auch VINCENT, VINZENZ), ein skurriler Name für eine skurrile Erscheinung, damals wusste ich noch nicht, dass sie Andrea Forstner hieß, eine Zeitlang Russisch-Lehrerin gewesen war, bis man sie an der Schule aufgrund ihres unkonventionellen Gebarens hinauswarf, und die nunmehr als Übersetzerin und Dolmetscherin ganz ordentlich verdiente.

Spröde die Annäherung, was interessiert mich überhaupt an ihr, Exzentrikerinnen brauchen ständig ihre Bühne, ist man mit ihnen allein, sind sie unpässlich, blasiert und fade, geht man mit ihnen aus, kann es ihnen keiner recht machen und man ist ihren Launen ausgeliefert, nähert man sich ihnen mit eindeutiger Absicht, blocken sie ab, um ihrerseits wiederum an den absonderlichsten Orten auf abstruse Ideen zu kommen.

WINNE also, ein verbautes Gestell unter eigenwilliger Verpackung, duchaus kreativ in der Aufmachung, im landläufigen Sinne schrecklich unvorteilhaft, sie zeigt zuviel von ihren dicken Oberschenkeln, ein mächtiger Busen quillt aus zu engem Oberteil, darüber ein derbes Gesicht, dessen Ausdruck man unter der grellen Schminke im positivsten Fall als abwartend bezeichnen kann; bei einem zweiten Hinsehen: wie hätte sich diese Frau vorteilhaft zurechtmachen sollen? Im gleichen Stil, aber dezenter? Die Grenze zum Mauerblümchen war da schnell überschritten. In wallende, lange Gewänder? Schwer vorstellbar, aber könnte man ausprobieren. Ich überlegte, warum sie trotz eindeutig weiblicher Rundungen diese fast maskuline Aura umgab, ihr dromedarhafter Gang, der weniger auf die Behinderung zurückzuführen war, - ohnehin trug sie links einen Spezialschuh - als auf eine Art schnoddriger Wurschtigkeit, schaut her, so bin ich, oder schaut weg, mir ist das egal; - ein umoperierter Transsexueller? Ich konnte mich mit dem Gedanken nicht anfreunden, gewiss, Hand- und Fußgelenke waren groß und kräftig, der Körperbau eher muskulös, aber das effeminierte Gehabe und die teigige Ausstrahlung jener Frauen, die einmal Männer gewesen waren, fehlte ihr ganz, eher schon mochte sie eine Frau sein, die ganz gerne ein Mann wäre, ohne gleich den Schritt einer Geschlechtsumwandllung gehen zu wollen.

WINNIE also, dyshormonal, deine Diskrepanzen und Widersprüche machen dich interessant, was will ich von dir, Sex? Eine Beziehung gar? Unverbindliche Annäherung? Deine Aura reizt nicht zu einem heißen Flirt am Nachmittag, der letzlich folgenlos bleibt. Du beherrschst nicht den verträumten, vielsagenden Augenaufschlag, nicht den lasziven Hüftschwung, der vieles verspricht, was er ohnehin nicht zu halten braucht. Aber wenn es funkt zwischen uns, wirst du mein Leben durcheinander bringen.

Du begegnest mir mindestens einmal am Tag, du stampfst durch das Viertel, in dem ich verkehre. Dein Wiedererkennungsfaktor ist kaum zu überbieten, fast immer zwängst du dich in zu kurze Röcke und zu enge Oberteile, seltener in dreiviertellange Jeans - in denen dein Hinken stärker auffällt - und knallfärbige Pullover, je nach Witterung, ich gewöhne mir an, dich mit einem knappen „Hallo" zu begrüßen, du grüsst zurück, mit einem dünnen Lächeln, deine rehbraunen Augen flackern nervös. In der Trafik habe ich dich angesprochen, ob du ein Bier mit mir trinken willst, du kaufst Dunhill, ich kaufe Smart, ich sage du, wir sind etwa gleich alt, auf ähnlicher Wellenlänge, was soll ich eine Distanz aufbauen, um sie später gönnerhaft zurückzunehmen, den Umweg kann ich mir sparen, du gehst mit mir ein Bier trinken, ich habe beobachtet, dass du gerne Bier trinkst, wenn du mit deinen Einkäufen beladen irgendwo in der Fußgängerzone zukehrst, nicht selten auch ein zweites oder ein drittes, du scheinst Bier zu mögen, ich mag lieber Wein, aber das tut nichts zur Sache, - „Andrea", sagst du und hältst mir die Hand hin, mit einem leicht vorwurfsvollen Unterton, dass ich dich nicht nach deinem Namen gefragt habe, bevor ich den Vorschlag machte, ein Bier trinken zu gehen, als ob ich, wenn du Philippine heißen würdest (oder Wynona, Wynanda, WINNIE), nicht mit dir Bier trinken wolle, - „Klaus", sage ich lahm, ich mag meinen Vornamen nicht besonders, aber ich will nicht schwindeln, noch nicht, und beim Vornamen schon gar nicht.

Langsam gehst du neben mir her, fast schleppend, ich nehme dir die Einkaufstaschen ab, drei Stück, ich sehe Katzenfutter, Bierflaschen, Knabbergebäck, Konserven, Schokolade, ein Paket von einer Metzgerei, ein paar Joghurtbecher, keine Milch, keine Limonade, kein Fruchtsaftgetränk, offenbar hast du keine kleinen Kinder im Haus. Unter schwerer Parfümschicht umwölkt dich eine herbe, fast animalische Duftnote, du hast leichten Mundgeruch, wirkst fahrig und nervös, du erzählst mir aus deinem Leben fast im Stil eines Rapports, deine Stimme klingt heiser, etwas poltrig, ich betrachte nachdenklich die vielen Ringe an deinen Fingern, auch Ohrschmuck und Halsketten, Modeschmuck neben

Eduscho, biederes Einerlei neben solider Goldschmiedearbeit, keine klare Linie, hier wäre weniger mehr; plötzlich, wie auf eine geheime Verabredung hin, müssen wir beide gleichzeitig laut rülpsen, - wir haben zu hastig das Bier in uns hineingeschüttet - und anschließend lachen wir herzhaft, die Stimmung beginnt sich zu lockern, ein Schritt in die richtige Richtung. - Aber noch immer schnuppere ich Gedanken, absonderliche Gedanken, von grauer Ödnis, du denkst scheinbar in Grau, verwehrst dir die Heiterkeit, der Nachmittag ist noch nicht weit fortgeschritten, sonnig und warm, wir haben Juni, wohnst du in der Nähe, frage ich beiläufig, naheliegend, fast täglich schleppst du Einkaufstaschen durch eine Gegend, wo man kaum kostenbewusst einkaufen kann, wahrscheinlich hast du kein Auto, um in die Einkaufszentren zu fahren, mit dem Bus ist es mühsam, zeitaufwändig, obwohl du Zeit hast, zumindest am Nachmittag, Zeit für ein Bier, für ein zweites, auch für ein drittes, wir trinken, allerdings nicht mehr so schnell wie vorhin, der Rülpser braucht keine Wiederholung, ohnehin sprudelt es wieder aus dir heraus, hastig, abgehackt, dabei mehr vor dich hin, mehr zum Bierkrug als zu mir, ja, eigentlich wohnst du in der Nähe, ein paar Gassen weiter, im Prinzip ja, also zur Zeit, seit ein paar Monaten, aber es ist die Wohnung einer Freundin -

...die hat mich bei sich aufgenommen, sagst du und schaust mir zum ersten Mal direkt in die Augen, ich war verheiratet, sagst du, nein, ich bin es noch. Eine Scheinehe. Mit einem Russen. Damit er im Land bleiben darf. Man fühlt sich nicht besonders dabei, sagst du mit trübem Blick. Aber ich hab das Geld gebraucht, damals, als man mich aus der Sprachenschule geworfen hat. Ich hatte keine Ahnung, wie´s weitergehen soll. Aber die Russenmafia lässt kein Auge von ihren Geschöpfen...

...deine große Hand liegt lauwarm und feucht in der meinen, der Nagellack wirkt stumpf, die vielen Ringe glitzern metallisch, du riechst nach Tabak und Bier, dahinter Brombeeren und Teeblüten, lautes, aber nicht uninteressantes Parfüm, du wippst leicht mit deinem zu kurz geratenen, netzbestrumpften linken Bein, schlägst es abrupt über das rechte, rückst etwas von mir ab, ja, ich schreibe einen Roman, sage ich wahrheitsgemäß, und du wirst ihn mir ins

RUSSISCHE übersetzen, wir werden den russischen Markt erobern, auch den polnischen und den bulgarischen, und später werden wir die Filmrechte verkaufen, nach Indien, nach Fernost, und dann werden wir uns erinnern an das Bier, das wir heute hier zusammen getrunken haben, und jetzt lächelst du zum ersten Mal ein entspanntes Lächeln, deine Gesichtszüge entkrampfen sich, du atmest hörbar ein und aus, ja, ich wollte mehr über deinen Körper wissen, du aber breitest deine Seele vor mir aus, deine Schrammen und Wunden, aber nun will ich deinen Herzschlag spüren, Vertrauen gegen Vertrauen, ja, ich bin nur eine Zufallsbekanntschaft...

„Du bist nett, weißt du das", sagt Andrea Forstner aufgeräumt. „Wir könnten öfters ein Bier zusammen trinken. Aber jetzt muss ich arbeiten. Nein, bleib du sitzen. Ich hab´s nicht weit. Bis die Tage einmal."

WINNIE geht ihrer Wege, mit ihren Einkaufstaschen beladen, durch die Fußgängerzone, etwas weniger schnell und stampfend als sonst, kommt mir vor.

Es ist einsam hier. Ein Bett, ein Tisch, zwei Sessel. Wen kann man einladen, hierher, wer würde kommen. Der Blick aus dem Fenster in den Innenhof führt zu nichts. Zu grauem Beton, allenfalls, ein ausgetrocknetes Bachbett, vielleicht ein Parkplatz, früher einmal, jetzt von Unkraut durchzogen, grüne, rabiate Gewächse, die sich überall Bahn schaffen, orange-rote Flammen züngeln in schwer fassbaren geometrischen Mustern und vergehen in silbrigem Knistern, schmutzige Giftschwaden auf einem leeren Himmel.

Georg und sein fernes Lachen, als grollend ein Unwetter aufzog, er hielt mich im Arm, weil er glaubte, ich fürchte mich (ich fürchtete mich, aber nicht vor dem Unwetter), ich roch seinen Körper und seinen Atem, und er gab mir etwas zu rauchen, auf das mir schwindlig wurde. Und wir gingen durch ungezählte, von spärlichem, flackernden Licht dürftig erhellte Kammern, durch haushohe Hallen, die eine spitze Mondsichel in ockerfarbenes Dämmerlicht tauchte, fernab der Zeit tanzten wir in eine schwerelose Nacht, der Donner verzog sich, wie kalte Nadelstiche spürten wir den salzigen, prasselnden Regen auf unserer Haut, unsere Körper in sanften Wellen im abklingenden Rausch; und leise weine ich erdige Tränen in Georgs Armen...

...wie hast du mich gefunden, gestern wie heute? ...

Ich heiße Tina. Wie die Turner. Tina Turner. Kommt von Christina. Nein, das hat sich einfach so ergeben. In der Volksschule schon. War nicht wegen der Sängerin. Ging so weiter, hat mich eigentlich nie gestört. Dann, so mit vierzehn, fünfzehn bekam ich den Tick, mich mit zwei i zu schreiben: TIINA. Sicher, eine Pubertätslaune, ich wollte anders sein als die andern, ich war aber kaum anders, da kam ich eben drauf, an der Kurzform meines Namens herumzudoktern. Und die andern stiegen drauf ein. Und nannten mich TIINA. Und irgendwann hat das natürlich auch genervt. TIINA TIINA TIINA. Mit langem i. Laut und gedehnt. Da hab ich gesagt, so, jetzt heiß ich TYNA. Mit ypsilon. Ja, und wie spricht man das jetzt aus. Die einen sagen TÜNA, mit ü. Und die andern sagen TAINA. Und TIINA war plötzlich out. Kein Mensch hat mich mehr so gerufen. Und dann hatte ich meinen ersten Freund, der hat Spatzi gesagt. Nicht Tina, nicht Taina, nicht Tüna. Natürlich hab´ ich mich nicht von jedem Spatzi nennen lassen. Da war ich dann wieder die Tina, mit einem i. Und das war auch gut so. Oder auch Christina, wir wurden ja älter. Und manche Lehrer haben gar Fräulein Schwarz gesagt. Manchen ging das runter wie Öl, ich weiß noch, wir hatten eine in der Klasse, die hat Engel geheißen, Daniela Engel, die Dani halt. Und die hat irgendwie so viel älter gewirkt als wir anderen. Obwohl sie´s gar nicht war. Älter, meine ich. Hat auch immer so geschraubt und altklug daher geredet. Und wenn da der Lehrer Fräulein Engel gesagt hat, hat die schon leuchtende Augen gekriegt. Ich fand das zum Schreien blöde. Vorher war ich noch die Tiina, mit zwei i. Und jetzt auf einmal Fräulein Schwarz. Was war denn schon anders an mir. Ich meine, mit zwölf hatte ich das erste mal die Regel. Und mit vierzehn hatte ich kaum weniger Busen als mit sechzehn. Sicher war ich keine Jungfrau mehr, aber was hat das bitte mit der Anrede zu tun. Weißt du, was soll überhaupt der Quatsch mit der Jungfräulichkeit. Sich da für irgendeinen fernen Märchenprinzen aufsparen, wozu. Auf irgendeiner Party, wo alle wie wild durcheinander herumgeknutscht haben, habe ich zu irgendeinem Typen gesagt, so, jetzt will ich´s richtig. Ich brauch´ keine Kaugummi-Romantik in der Pizzeria und keine Liebesschwüre im Mondlicht auf irgend einer Parkbank. Dem Typen war´s recht, der war ja kein Anfänger. Das war natürlich nicht der Wolfi, also der, der immer Spatzi zu mir sagte, mit dem hätt´ ich das nicht gewollt. Nicht einmal gekonnt, wahrscheinlich. Ich meine, das ist auch so was Verkrampftes. Mit dem ersten Freund erst mal Pferde stehlen, und wenn alle meinen, das gehört so und das passt so, mit einander ins Bett gehen. Und dann lauter kleine Österreicher produzieren. Verliebt verlobt verheiratet. Gut , es kann ja sein, dass es solche gibt, wo das hinhaut. Denen geht nichts weiter ab, die vermissen nichts. Ich kenne aber keine. Also ich für meinen Teil war für das nicht geschaffen. Der Wolfi sicher auch nicht. Der hat mich nie bedrängt, in der Richtung. Hat natürlich auch nicht gecheckt, dass ich längst mit einem andern zusammen war. Also wirklich, welcher Mann merkt schon irgendwas. Wenn ein Mann irgendwas merkt, ist er schwul. Da hatt´ ich beim Wolfi aber eh kurz die Vermutung. Dass er schwul sein könnte. Aber wie er dann plötzlich ganz frei von der Leber weg sagte, du, Spatzi, es war schön mit dir, aber ich hab´mich in eine andere verknallt, da war ich schon perplex. Wir waren ja kein Liebespaar. Jugendfreunde halt. Na ja, vielleicht kam die Hormonausschüttung bei dem halt später. Jungen sind ja fast alle Spätzünder. Ich hab´ ihn dann noch ein paar Mal getroffen mit seiner Flamme, Typ Vogelscheuche, flachbrüstig, einen halben Kopf größer wie er. Was die nur aneinander fanden. Weißt du, das ist jetzt fünfundzwanzig Jahre her. Ist mir aber noch voll gegenwärtig. Nicht, dass ich mir irgendwie abserviert vorgekommen wäre, dazu war ja kein Grund. Aber nein, die zwei ein Liebespaar, ich hab´ das lange nicht verstanden. Und wie ich´s dann hätte verstehen wollen oder können, da hat´s mich nicht mehr interessiert. Da haben mich dann überhaupt keine Typen mehr interessiert. Auch keine Frauen, eigentlich gar kein Sex. Hab´s mir dann und wann selber besorgt. Wenn mir gerade mal langweilig war. Ich hatte einfach keine Lust mehr, mich auf irgendeine Person einzulassen. Irgendein Gegenüber. In der Arbeit haben mich schon alle genervt, Männlein wie Weiblein, obwohl ich eigentlich nicht viele Kontakte habe, seit ich als Laborantin arbeite. Also mehr mit

Reagenzgläsern wie mit Leuten. - Ja, sicher, du hast schon recht. Sowas kommt nicht von ungefähr, mit Mitte, Ende Zwanzig. Wo normalerweise das zweite Kind unterwegs ist und man gemeinsam auf ein Eigenheim spart. Gut, was ist schon normal. Montag abend schnackseln, dienstag Kartenrunde, mittwoch Sport. Donnerstag schnackseln. Oder Kino. Oder Fortbildung. Freitag abend ausgehen, die Wochenenden mit Eltern. Oder Schwiegereltern. Das war alles nie meines. So wollt´ ich nicht leben. Da war ich viel einfacher konstruiert. Montags Beisltour, dienstags Beisltour, mittwochs Beisltour. Und den Rest der Woche nicht viel anders. Und am Wochenende aufs Land fahren. Schädel auslüften. - Aber du hast recht, ich schweife ab. Ich erinner´ mich ungern an den Kerl. Wie der mich behandelt hat! Wie einen Putzfetzen. Der wollte mich nur niedermachen, ständig. War wie ein innerer Zwang bei dem. Anfangs hab´ ich noch geglaubt, das gibt sich, mit der Zeit. Wurde aber immer schlimmer. Das kannst du nicht, jenes kannst du nicht. Zu allem bist du zu blöd. Außer zum Schnackseln. Und irgendwann glaubts du´s selber. Und verlierst jede Selbstachtung. Und das Schlimme war, keiner hat mir geglaubt. In Gesellschaft war der ja ein umgänglicher, sympathischer Zeitgenosse. Wenn ich mich bei einer Freundin ausgeheult habe und gesagt hab´, hilf mir, ich muss weg von dem, da hat die nur verständnislos den Kopf geschüttelt. Sei nicht dumm, so einen findest du nicht so schnell wieder. Nett, großzügig, gutaussehend. Wenn die gewusst hätte! Warum erzähle ich dir das alles. Ist doch Schnee von vorgestern. Eine schwierige Trennung war´s schon. Hat mich einiges an Kraft gekostet. Weißt du, wenn man schon so mutlos und deprimiert ist. Irgendwann hab´ ich mir ein Herz gefasst und ihn hinausgeworfen. Er hatte sich schließlich bei mir eingenistet. Da konnte er schön großzügig tun. Er ging auch, anstandslos, das hat mich gewundert. Er hat noch gemeint, bald würde ich zu Gott beten, dass er zurückkomme. Allein sei ich ja völlig hilflos. Aber, ich sag´ dir eines, ich bin kein gläubiger Mensch, aber ich hab´ wirklich zu Gott gebetet. Aber nicht, dass er zurückkommt. Sondern, dass er wegbleibt. Er ist auch weggeblieben. Ungefähr so ein halbes Jahr später ist er mir einmal über den Weg gelaufen. Zufällig. Mit einer neuen Freundin, eine farblose kleine Dicke, um einiges älter wie er. Na ja, zumindest sah sie um einiges älter aus. Ich hab´ mir auch gedacht, ein dickes Fell kann bei dem Typen nicht schaden. Ich bin ja auch nicht gerade gertenschlank, aber die Schnepfe war schon fett. Um einiges mehr wie ich. - Aber was red´ ich nur. Ist doch auch schon so lange her. Ich langweile dich womöglich. Mit meinen alten Geschichten. Und spät ist es auch schon. Bringst du mich nach Hause? Weißt du, ich mag jetzt nicht in ein Taxi steigen. Die Nacht ist so schön. Komm, lass´ uns gehen.

Der Geschmack von salzigem Sand und der Geruch der Sonne, der Wind dreht und treibt aus dem Landesinnern trübe, hölzerne Schwaden übers Meer, ich taste Schleim, spüre Druck auf der Blase, deine großen, roten Füße machen mich nervös, mein Herz schlägt lauter, bis in die ungezählten kleinen Wolken über dem Meer, einmal öfter winkt die Chance von Regentropfen. Du liegst auf dem Rücken auf einer roten Decke am Sandstrand, schlafend wie eine Tote, und ich denke an Agnes, die Hausmeisterin, daheim im Gemeindebau, ihre grellen Flüche und ihre wüsten Schimpftiraden, ihren abgetragenen, bläulichen Kittel über abgegriffener Haut, kurz und prägnant die Erinnerung an das lauwarme Bier in ihrer Wohnküche und das welke Fleisch ihrer Oberschenkel; es war ein rötlicher Nachmittag, gedämpftes Sonnenlicht hinter ausgestellten Fensterläden.
Spiralig windet sich der graue Schlund der Erinnerung durch eine Unzahl von Jahren, dreißig und mehr, die Heringe schmeckten salziger, gehaltvoller, aus Transistorradios krächzte Led Zeppelin, nachts kam ich durchs Fenster in Petras Hotelzimmer, das gefiel ihr, Petra aus Gelsenkirchen, keine zwanzig, hier, mit ihr kostete ich erstmals vom salzigen Sand, lauschte dem Dröhnen archaischer Muschelhörner auf dem fernen Meeresboden, sanft berührte ich ihre vibrierenden Nasenflügel in der sinkenden Sonne, einige Wochen lang, im Sommer, nie wieder hörte ich etwas von Petra aus Gelsenkirchen
- du schläfst noch immer und deine großen, roten Füsse lassen mich nicht zur Ruhe kommen -
- Jahre später trampte ich mit Ludwig dem Angler kreuz und quer durch das Land, wir rauchten den bittersüßen Shag-

Tabak und tranken Genever, bis wir die Landessprache verstanden -
- ihre Hand riecht nach Metall und bläulichen Backsteinen, auch nach Holz, etwas schwächer nach Gummi, mit einem Messer ritzen wir uns gegenseitig die Fingerkuppe des linken Zeigefingers, gleich einer Mohnkapsel, sanft sickern Tropfen schwarzen Blutes, sie schmecken dumpf, nach Eisen und nach Dörrobst, salziger Wein in einer Luft von Meeresvögeln, heiser ist der Ruf des Nordens, wir lassen voneinander ab und trocknen die kleinen Schnitte im Wind, in der aufkeimenden Dämmerung werden unsere Körper über sich selbst hinauswachsen, stärkend werden wir das Blut des anderen in uns spüren, opiumgleich, wie aufgereihte Perlenschnüre im Wind, mit dem silbrigen Klang winziger Becken, mit dem wattigen Geruch von geschmolzenem Stahl.
...es kommt die Flut, träge bewegst du im Schlaf deinen linken großen Zeh und ich denke an Hildegard damals, im Radsport-Dress, und die umgestürzte Betonmischmaschine auf der staubigen Baustelle am Rande der Ortschaft, ein Sonntag, gewiss...
...mein Blick verharrt eine Weile auf deinem großen, roten linken Fuß, der schwarze Nagellack wirkt stumpf, blättert ab, auf dem Fußrücken ein Geäst von dunklen Adern, teils prall gefüllt, teils versickernd ins Bläuliche, unkonturierte, wenige rote, winzige Tupfer, Blutläusen gleich, am runden, kräftigen Knöchel bricht sich die krebsrote Farbe, macht einem warmen Bronzeton Platz, obwohl kein ausgesprochen südländischer Typ, bräunt deine Haut schnell und gleichmäßig, zwei Finger breit unter beiden Knien wachsen auf einer etwa handtellergroßen Fläche Büschel rötlich-blonder Haare, die sich nun lustig im Wind kräuseln, gleich Oasen in der Wüste, tropischen Inseln im träge dahin gleitenden Stillen Ozean, denn deine übrige Körperbehaarung ist dunkler, unauffälliger, spärlicher.
Deine Knie sind rund und kräftig, sanft streichele ich sie mit den Augen, ich will dich nicht aufwecken, die Fahrt war lang und anstrengend, du grunzt im Schlaf und willst dich auf die Seite rollen, vergeblich, die Mulde im Sand gibt dich nicht frei, ächzend fällst du wieder in die Rückenlage, mein pfeilspitzer Blick hat dich irritiert, ist dir durch die samtene Schicht des

Schlafes bis in die Knochen gefahren, langsam wende ich ihn ab, deinen großen, roten Füßen kann er ohnehin nichts anhaben.

Es muss im August gewesen sein, wie jetzt, jetzt haben wir August, als dieser gewaltige, sintflutartige Regen herniederfiel, als wenn die Welt unterging in einem schrecklichen Tosen, minutenlang wirbelte ein Sturm alles durcheinander, und wir suchten Schutz in einer alten Bunkeranlage, mitten in den Dünen, als eine große, dunkle Gestalt Regen und Sturm gleich einem Vorhang zur Seite schob und nachdenklich, mit gesenktem Kopf, durch eine dampfende, bizarre Landschaft schritt, Meter um Meter, Kilometer um Kilometer, um dann hinter einem rötlichen Horizont zu verschwinden; es muss der Tod gewesen sein, offenbar hatte er ein Einsehen und ließ uns in Ruhe.

In meinen Träumen ist die Stadt riesengroß. Ich kenne sie gut, die Straßenbahnlinien, die großen und die kleineren Verkehrsknotenpunkte, die Plätze, wo die Menschen kommen und gehen, doch manchmal gelange ich in Randbezirke, die mir zwar nicht ganz neu sind, wo mir aber die Erinnerung einen Streich spielt; ich wähne, von hierhin nach dorthin zu kommen, finde mich aber plötzlich woanders wieder, es dauert lange, bis ich die Schritte in eine allzu ferne Vergangenheit durchmessen habe und mich wieder zurechtzufinden glaube, auch hat es etwas Mühsames, Zwanghaftes, Sinnloses; ich bin in bewohntem Gebiet, leide weder Hunger noch Durst, es ist unerheblich, wo genau ich mich befinde. -
Die Stadt ist durchmessen von extrem steilen Hügeln. Zu Fuß erklimme ich die einzelnen, bebauten und bewohnten Mikrogebirge, die Straßen sind mit rötlichen Katzenköpfen bepflastert, die bei Regen recht rutschig sein können, ich japse, fasse kaum Tritt, manchmal kehre ich um, wenn mir einfällt, dass zwei Straßenzüge weiter eine weniger steile Straße in die Höhe führen muss; hier fahren kaum Autos, denn es ist riskant, die Einmündungen sind spitz und von abfallender Schräge, einem ungeübten Lenker kann sein Fahrzeug umkippen. -
Hier und da fahre ich mit der Straßenbahn, sie ist langsam und unbequem, laut und fallweise zugig, ich nehme die

Straßenbahn, wenn trübes, regnerisches Wetter vorherrscht, sie führt mich nicht von einem Punkt zum anderen, hier ist allein der Weg das Ziel, ich sehe schäbig gekleidete Menschen hinter regenverschmierten Seitenscheiben, ich steige aus, nehme eine andere Linie, hinter dem ockerfarbenen, gezackten Berg am Stadtrand wird es schon wieder heller.

Ich kenne fast alle konspirativen Wohnungen. Heute will ich sie besuchen, die halbseidenen Typen, Freunde aus ferner Zeit, und ich fahre mit dem Taxi auf einer endlosen Allee an einem endlosen, schmutzig-grauen Flussufer, Sandra sitzt mit im Taxi, Sandra, sie war Kellnerin in meinem Stammlokal, für ein halbes Jahr sind wir zusammengezogen und lebten von der Hand in den Mund, auf der anderen Flussseite auf einem der Hügel, weißt du noch, in dem halben Jahr, als wir zusammen waren, wie du ausgerissen bist, für wenige Tage, wie ich dann ausgerissen bin, auch für wenige Tage, es passierte einfach, ohne erkennbaren Anlass, immer wieder, bis der Vermieter ein Einsehen hatte und uns beide hinauswarf, immerhin begingen wir den Fehler kein zweites Mal und suchten uns fortan getrennte Domizile. - Sandra, deine Züge sind schärfer geworden, faltig dein Gesicht und dein Hals, knochig und spitz deine Gelenke, doch die Annäherung ist unkompliziert, von gewohnter Frische, unsere Körper können gut miteinander, nach wie vor.

Vorsichtig koste ich den Schlamm aus dem unermesslichen Bauch des Schiffes. Kalt sind die Tränen der Dinge des Maßes. Flach, wie wohl aufdringlich, das Parfüm des FLIRTES, der Annäherung, ohne Tiefe gewinnt die Gestalt an Kontur. Ermattet sinken wir nieder am Fuße des Alleebaumes und träumen uns in seinen harzigen Wipfel, in die kühle Glut der untergehenden Sonne.

Sanft und behutsam streift mein Blick die Innenseiten deiner Schenkel, von praller Farbe und gesundem Umfang, und ich denke an Waltraud in der konspirativen Wohnung, mit lallender, weinerlicher Stimme drohten ihr zwei Araber - oder waren es Türken? - mit Rache und Vergeltung, ein skurriles Anliegen, zumal die zwei Verlorenen ihrerseits bereits einem

41

anderen Rächer zum Opfer gefallen waren, ein groteskes Gezeter heruntergekommener Süchtiger, Waltraud ließ sie schimpfen, unbeeindruckt döste sie in der Apathie gläserner Zeitlosigkeit, eine gesichtslose Herrin über Leben und Tod.

Der Geruch von Moos und Bergamotte, deine großen Brüste unter schwarzem Bikini-Oberteil, mein Blick gleitet abwärts, über deine üppigen Rundungen, dorthin, wo deine Schenkel sich treffen, und dein Erwachen kennt kein Halten mehr...

„Hallo, Andrea.“

„Hallo, Klaus.“

„Der Sand schmeckt so salzig. Wie wär´s mit einem Bier?“

Ich kenne den Schritt. Deinen Schritt. Deinen Schritt über die Brücke über den Fluss. Deinen Schritt auf dem Kies der Toreinfahrt, wenn du wütend bist. Wenn du nicht wütend bist, ist er beliebiger. Nicht so eindeutig. Der Schritt auf dem Kies. Irgendwie beliebiger. Manchmal kennst du den Fluss an seinem Rauschen. Manchmal auch nicht. So wie mit dem Schritt. Deinem Schritt. Dem Klang deines Schrittes auf der Brücke über dem Fluss auf dem Kiesweg. Ich sehe deinen Schritt leuchten. Oder eher funkeln. Oder beides, manchmal überwiegt das Leuchten und manchmal das Funkeln. Wie weiße Perlenschnüre auf azurblauem Hintergrund. Oder wie grellbunte Kurven auf einem Oszillographen, die deine Schrittbewegung veranschaulichen. Wie du die Beine hebst und wieder senkst. Und mit dem Fuß abrollst. Ich könnte mir vorstellen, dass das bei keinen zwei Personen gleich ist auf der ganzen Welt. Wie ein Fingerabdruck, wie eine DNA. Also deckungsgleich. Hundert Prozent ident. Die Kurven müssen schon ähnlich sein. Beim aufrechten Gang eines Zweibeiners der Gattung Mensch. Aber im einzelnen, da müssen schon Unterschiede sein. Du bist ja auch nicht jeden Tag gleich. Ein Fluss hat heute viel Wasser und morgen wenig. Und umgekehrt. Und wenn du wütend bist, bist du ja nicht immer gleich wütend. Wenn du stinkwütend bist, müsste man es im Grunde riechen. Ich rieche es auch, ich rieche deine Wut. Wenn du nahe genug bist. Und wütend genug. Wenn du nicht wütend bist, rieche ich weniger, vielleicht dein Parfüm, wenn du eines benutzt. Deine Kleidung. Deine Haut, wenn du nahe genug bist. Wenn wir einander ergänzen. Wenn wir Hand in

Hand über die Brücke gehen über den Fluss. Wenn ich dir auf dem Kiesweg entgegen komme. Wenn du nicht gerade wütend bist. Wir werden uns umarmen und miteinander ins Haus gehen und unsere Schritte aneinander angleichen. Und unsere Gerüche verschmelzen -

der hall ihres schrittes in der nacht oder auf schnee oder auch das katzengleiche vorüberhuschen der gedanken ihrer gedanken meiner gedanken unfassbar ist die geschwindigkeit wie ausgelutschte klangfetzen im wind auf die große leinwand klatschen spiegel und bildschirm der welt und wir schlürfen aus prall gefüllten schläuchen feurigen branntwein volltrunken feiern wir unsere auferstehung die ewige wiederkehr des gleichen das rad des lebens - nicht –

Der Landstreicher

Unlängst beobachtete ich in einem Straßencafé eine Frau um die dreißig und einen gut zehn Jahre älteren Mann, offensichtlich kein Pärchen, jedoch gute Bekannte, eine, auch weitläufige, Verwandtschaft schloss ich aus, zu gegensätzlich war das Äußere, sie, eine kleine, zierliche, dunkelhaarige Person, adrett in Faltenröckchen und knitterfreier Bluse, behübscht mit Schminke und allerlei Schnickschnack, er, ein hochaufgeschossener, zaundürrer Blondschopf mit Hornbrille und scharfen Gesichtszügen im Allerwelts-Business-Dress; sie saßen am Nebentisch, rauchten Zigaretten und tranken Prosecco, jenen italienischen Schaumwein, den man überall bekommt und der nicht weiter stört.

Sie hatten nichts zu verbergen,sie plauderten in Hörweite, ich konnte jedes Wort verstehen. Irgendwann kam ihr Gespräch auf Außenseiter, Nichtsesshafte, soziale Problemfälle, das Wort LANDSTREICHER fiel, - ich wurde hellhörig - die Frau war der Meinung, es gäbe überhaupt keine Landstreicher, zumindest sei sie nie einem solchen begegnet, die Existenz von Stadtstreichern konnte sie nur schwerlich leugnen, doch um diese könne man ebenfalls einen Bogen machen, Strandgut, sozusagen Wohlstandsmüll, durch das soziale Netz gefallene, vernachlässigbare Größen. Der Mann wiederum versuchte sie zu überzeugen, dass es sehr wohl LANDSTREICHER gab, Sippen von Sinti und Roma, - wobei er Landstreicher mit Landfahrern verwechselte - Tippelbrüder auf der Walz, - die in Wirklichkeit keinen einzigen Winter im Freien überstanden hätten, - schließlich Wanderhändler, Handwerksburschen, Messerschleifer, die in ländlichen Gegenden von Ort zu Ort zögen und ihre Dienste anböten. Diese hatten nun abermals mit Landstreichern nicht das Geringste zu tun, hier brachte er vazierende Zünfte, Rosstäuscher und Kartenzinker durcheinander, warf sie mit Landstreichern in einen Topf, wahrlich ein ungesundes Gemisch, der sofortigen Explosion harrend, falls es einer wagen sollte, unter jenem Topf ein Feuer zu entzünden.

Gewiss; das musste ich beiden zugute halten, Landstreichern begegnet man nicht so ohne weiteres, es sind Einzelgänger, die sich abseits ausgetretener Wege aufhalten, menschenscheu, wortkarg, von entrücktem Wesen, dabei genügsam und ausdauernd. Schwer vorstellbar, dass meine Tischnachbarn beim Sonntagsspaziergang auf dem Lande oder auch nur bei einem sportlichen Waldlauf einen Vertreter dieser Spezies ausfindig gemacht hätten, er hätte sich zweifellos geduckt und das Weite gesucht, ein Aufeinandertreffen ist für beide Teile unangenehm. Ich wusste um dies alles, schließlich war ich selber einmal LANDSTREICHER gewesen.

Der Wunsch, LANDSTREICHER zu werden, reichte bis tief in meine Kindheit zurück. Ich entsinne mich noch genau einer Begegnung, ich war vielleicht sieben oder acht Jahre und ging mit meiner Mutter im Wald spazieren, es war bereits Herbst, schon dämmrig, feucht, keine Menschenseele, bis in einiger Entfernung ein Mann einen Leiterwagen rücklings aus einem Gebüsch zog. Soweit ich es erkennen konnte, stutzte er, als er uns sah, nahm aber doch Kurs in unsere Richtung, bedächtigen Schrittes zog er den kleinen Wagen hinter sich her und hielt den Kopf gesenkt; der Wagen rumpelte viel weniger, als ich es erwartet hätte.
Die Mutter nahm mich bei der Hand, als er näherkam und die Begegnung unausweichlich wurde, einige Jutesäcke waren auf dem schwankenden Leiterwagen mit einem Spagat festgezurrt und mit Plastik abgedeckt, der Mann selber sah uns nicht einmal an. Er war klein, mit einem dunklen, wuchernden Vollbart und müden, rot geränderten Augen, die teilnahmslos vor sich hinblickten, ja stierten, der erkennbare Teil des Gesichts über und über mit Runzeln bedeckt, den Kopf unter einer Wollmütze verborgen, auf den ersten Blick wirkte er untersetzt, fast korpulent, bis ich bemerkte, dass er mehrere Kleidungsstücke übereinander trug; so zog er denn an uns vorbei, einen strengen Modergeruch verbreitend.
Die Mutter sah mich bestürzt, fast entgeistert an: "Das war ja ein ganz komischer Kerl", raunte sie, offenbar hatte sie Angst, er könnte sie noch hören, obwohl er bereits ein ganzes Stück weg war. Indes hatte jener Mann meine volle Sympathie, und in meinem kindlichen Religionsverständnis war ich lange Zeit geneigt zu glauben, es wäre möglicherweise Gott selber

gewesen, der mir da begegnet war, mit einem stummen Fingerzeig, ihm doch zu folgen.

Landstreicher also, Landstreicher als Berufswunsch,laut geäußert, dürfte wohl kaum auf allzuviel Gegenliebe bei Eltern und Erziehern gestoßen sein; ich behielt den Berufswunsch für mich. Landstreicher sei nun einmal kein Beruf, - dieser Argumentation wäre ich nicht entgangen - sondern eine abfällige Bezeichnung für einen Nichtsesshaften, einen, der zerlumpt und stinkend umherzieht, DURCH DAS LAND STREICHT, daher der Name, kleineren und mittleren Straftaten nicht abgeneigt, ein Säufer, ein Sandler, nicht bildungs- und nicht bindungsfähig, nicht sozialisierbar, kurzum: eine traurige Figur, eine Randerscheinung, unnütz, ein Psycho-Krüppel und nicht selten infolge des Landstreicherlebens auch körperlich verkrüppelt. Es war mir klar, dass LANDSTREICHER eine allzu plakative Bezeichnung für die von mir angestrebte Existenzform war, aber es fiel mir keine andere ein.

Bereits im Knabenalter befielen mich Zweifel, ich zweifelte beispielsweise an der Sinnhaftigkeit des Schulsports, ohne mich ihm letztlich zu verweigern, ich sah keinen Zusammenhang zwischen langweiligen Ballspielen und körperlicher Ertüchtigung, den verbreiteten Knabenwunsch „groß und stark" zu werden, teilte ich nicht einmal in Ansätzen, Raufereien und Rempeleien ödeten mich an, obwohl - oder auch weil - ich für mein Alter durchaus gut bei Statur war; schließlich war auch der Sportlehrer bestenfalls eine Lachnummer, den Korpsgeist eines Nazi-Feldwebels hatte er hinüber gerettet auf Aschenbahnen und in Turnsäle, ein wiewohl drahtiger, doch mickrig wirkender Mittfünfziger mit Trillerpfeife und leicht tremolierender Stimme, die sich bald einmal überschlug, wenn er sich einbildete, lauter schreien zu müssen.
Stumm betrachtete ich den Vater, wenn er sich, eher selten, eine Krawatte umband, der Mann, der mir eigentlich vertraut sein musste, wirkte mehr und mehr beliebig, austauschbar, mit eckigen Bewegungen schlang er sich jenes merkwürdige

Stück Stoff um den Hals, die Entfremdung wuchs mit zunehmendem Alter, ich verlor das Interesse an Menschen und Dingen, mehr und mehr erloschen die Farben; einzig jener LANDSTREICHER aus Kindheitstagen überstrahlte meine Erinnerung, in milchig-trübem Glanz erschien mir seine zerlumpte Gestalt, er sollte mir meinen Weg zeigen.

Wenn auch die Altersgenossen sich für Autos und Eisenbahnen interessierten, möglicherweise auch schon für das andere Geschlecht oder sonst einem Steckenpferd huldigten, berührte mich das nicht weiter; stundenlang schaute ich aus dem Fenster in weite Ferne, schon damals seltsam entrückt, ein Tagträumer, der jenes Land mit den Augen durchmaß, durch das er später streichen mochte; es fehlte mir an nichts, gleichmütig tat ich, was man von mir erwartete.

Die Mutter wusch Geschirr, summte ein Lied oder erzählte dabei, ich saß auf der Ofenbank und sah ihr zu, ich war acht oder neun, versuchte, mich in ihren Körper hineinzuversetzen; es misslang.

Eine Zeitlang freundete ich mich mit einer Katze an, einem großen, roten, offenbar umherstreunenden Tier, bei den Eltern nicht eben wohlgelitten, zumal sie im Garten die Zierpflanzen ruinierte; zusammen mit Bruder und Schwester fütterte ich sie heimlich, streichelte sie und ging mit ihr spazieren, folgte ihr ins unwegsame Gelände und durchs Unterholz, auch ein Stückweit auf Bäume oder in die Dämmerung, bis sie mich wegen meiner Ungeschicklichkeit und Nachtblindheit auslachte und ihrer Katzenwege ging; Wege, auf denen kein Mensch ihr jemals hätte folgen können.

Oft blieb sie wochenlang aus, ich vermisste sie kaum; zumal ich sie bewunderte, machte ich mir um sie keine Sorgen. Ganz anders die Schwester, die den folgenschweren Fehler beging, sie einzufangen. Ins Haus hätte sie die Katze nicht nehmen dürfen, sie hätte Teppiche zerlegt und das Mobiliar zerkratzt, auch im Keller richtete sie allerlei Schaden an, also verbrachte sie die Schwester zu einer Freundin, die bereits eine eigene Wohnung hatte; sie muss dort geraume Zeit ein eintöniges Leben geführt haben, bis sie bei einer passenden Gelegenheit verschwand, um nie wieder aufzutauchen.

Es war dies die Zeit, in der ich auch meinem LAND-STREICHER begegnet war, der jenes Tier sicherlich besser verstanden hätte.

Dunkle Pfade zogen mich an, ausgetretene Wildwechsel an feuchten Herbstabenden, ich entdeckte Moder und Verwesung, Mäusekadaver und Baumleichen, geduldig beobachtete ich Würmer und Maden, bereits als Kind hatte ich sie gekostet; sie schmeckten nach nichts und waren nahrhaft.

Später übernachtete ich gerne im Wald, die Eltern hatten nichts dagegen, zumindest nicht in der warmen Jahreszeit.

Die Dinge des Lebens langweilten mich, ich war ein bestenfalls mittelmäßiger Schüler, doch weder aggressiv noch renitent, ein ernster, stiller, in sich gekehrter Jugendlicher, der sich allerdings weniger Gedanken über den Zustand der Welt machte, - wie manch einfältiger Erzieher glaubte - als vielmehr über den Umstand, wann denn nun seine Zeit gekommen sei, endlich LANDSTREICHER werden zu können.

Ich wurde vergesslich, brachte Namen und Gesichter durcheinander, ließ soeben getätigte Besorgungen einfach irgendwo liegen, verschlief Termine und - ohnehin seltene - Verabredungen, die Tagträume verdichteten sich zu Absencen, man schob es auf die Pubertät, wähnte mich verliebt, mir sollte es recht sein, ich erfand einen Namen, um meine Ruhe zu haben. Schon bald lernte ich, mir einfache Speisen selber zu bereiten, man wartete nicht mehr auf mich mit dem Essen.

Das Nesthäkchen, also ich, verblieb als letzter im Elternhaus, eine mühsame, öde Angelegenheit; sie sollte vorüber gehen.

Im Winter, Ende Februar, mit neunzehn Jahren schulterte ich mein Bündel mit Habseligkeiten und ging hinaus in einen ungewöhnlich milden Wintertag, um endlich LANDSTREICHER zu werden.

Eigentlich hatte ich viel früher weggewollt, mit fünfzehn oder sechzehn. Doch der Vater versprach mir eine Reise, falls ich die Schule zum Abschluss brächte, und eine Reise war ein gutes Sprungbrett, um mich endgültig abseilen zu können, um es einmal so auszudrücken, also brachte ich die Schule zu Ende. Die Mutter versprach mir eine Summe Geldes, wenn ich mit der Reise noch zuwarte, bis zu ihrem Geburtstag im

Oktober, eine weitere Summe Geldes, wenn ich meinen eigenen Geburtstag einige Tage vor Weihnachten noch im Kreise der Familie begehe, schließlich das Weihnachtsfest selber, den Jahreswechsel und so fort. Sachzwänge allerorten; die versprochenen Geldsummen trafen nur zögerlich ein, meine Verhandlungsbereitschaft, mit der Reise beispielsweise bis nach Ostern zu warten, gegen Null gesunken, an jenem Februartag war es so weit, mit einem Flugticket nach LONDON - dorthin zu wollen hatte ich vorgegeben - verließ ich den Kreis meiner Familie, begab mich auf eine Reise, die mich aller Wahrscheinlichkeit nach nicht nach London führen würde.

Der Mann im Reisebüro musterte mich kurz und nahm dann anstandslos das Flugticket zurück. Er wirkte zerstreut und fahrig, verrechnete mir nicht einmal eine Stornogebühr und wünschte mir obendrein eine gute Reise, obwohl ich doch gerade eben von einer solchen zurückgetreten war. Doch hatte ich nun eine erkleckliche Summe Bargeld, viel zu viel für einen Landstreicher; ich beschloss zu einer Bank zu gehen und mich dort beraten zu lassen, wie ich es denn anstellen möge, nur mit dem Allernotwendigsten versehen losziehen zu können, aber dennoch, falls mein Debüt als Landstreicher scheitern sollte, - da sei Gott vor - problemlos wieder in die zivilisierte Welt zurückkehren zu können.

Mein Verhältnis zu Geld war ein archaisches, Sparzinsen und Teuerungsraten erschlossen sich mir nicht, die Erfüllbarkeit von Wünschen nicht an Gelderwerb gebunden, denn ich hatte keine Wünsche, außer dem einen, nämlich LANDSTREICHER zu werden. Gewiss, ich kaufte mir angelegentlich Tabak, um ihn zu rauchen, eher selten Essbares oder eine Flasche Bier, die Eltern hatten uns beizeiten eingeschärft, dass man im Leben „nichts geschenkt" bekam, - die Geschenke, die wir erhielten, waren auch eher praktischer Natur - das Taschengeld war weder generös noch knauserig, ich behielt ständig etwas über. Jugendliches Imponiergehabe war mir fremd, Statussymbole wie Lederjacken oder Kleinkrafträder eher suspekt; ich ging am liebsten zu Fuß, wie auch jetzt, zu einer Bank, wie ich soeben beschlossen hatte, und zwar zu der nächstbesten.

Der Bankbeamte, ein fülliger Mensch jenseits der fünfzig, mit grauem Haarschopf und rutschender Brille, riet mir zu Reiseschecks. Es dauerte eine Zeit, bis ich ihm klargemacht hatte, dass ich nicht unbedingt vorhatte, ins Ausland zu gehen (das aber auch nicht ausschließen konnte) ; er möge mir ferner nicht den Schimpf antun zu glauben, ich wolle einige Monate kreuz und quer durch Europa trampen, um wieder in ein miefiges Büro oder in einen stinkenden Hörsaal zurückzukehren; nein, ich hatte nicht vor, das Geld überhaupt zu benötigen, allenfalls einen kleinen Teil davon, um meine Grundausrüstung zu vervollständigen, ich sei ab jetzt eben LANDSTREICHER, mit unbekanntem Ziel und unbekanntem Weg, nur im Falle des SCHEITERNS, wolle ich, müsse ich an das Geld herankommen.

Der Mann sah mich eine Weile forschend an, dann bat er mich in ein kleines Büro und lud mich ein, Platz zu nehmen. Mit behutsamer, fast feierlicher Stimme eröffnete er mir, dass ich mich augenscheinlich in der Tür geirrt haben müsste. Banken seien nun einmal ertragsorientiert, wie jedes andere Unternehmen auch, meine Summe Geldes gewiss zu hoch, um sie mit sich herumzutragen, andererseits völlig uninteressant, sie bei einem Geldinstitut zu veranlagen, noch dazu, wenn im Prinzip eine ständige Zugriffsmöglichkeit gegeben sein müsse, überdies hätte ich kein Einkommen und strebe offenbar auch kein solches an; kurz, was ich eigentlich suchte, sei eine Vertrauensperson, sesshaft, bürgerlich, mir wohlgesonnen, die mich auffangen würde, wenn ich als LANDSTREICHER an die Grenzen meiner Überlebensfähigkeit käme. Es sei nun aber nicht seine Aufgabe, nachzuforschen, warum ich eigentlich im Verwandtschafts- und Freundeskreis niemanden habe, an den ich mich in einer Notlage wenden konnte, egal, ob die Notlage nun selbst verschuldet oder unverhofft eingetreten, fahrlässig herbeigeführt oder in Form von Krankheit oder Unfall über mich hereingebrochen sei. Schlussendlich: wenn ich nachts auf einer einsamen Landstraße von einem Auto angefahren werde und der Fahrer begehe Fahrerflucht, lasse mich verletzt irgendwo liegen, so helfe mir weder Notgroschen noch

Vertrauensperson, sondern allenfalls ein Schutzengel, zumindest unmittelbar, auf der Stelle.

Nun hatte ich wenig Lust, dem Manne darzulegen, dass ich keineswegs vorhatte, mich nachts von Autos anfahren zu lassen; auch er hegte offenbar solch merkwürdige Vorstellungen von Landstreichern, nichtsdestotrotz hatte er recht, ein Unfall konnte mir jederzeit passieren, wenn schon nicht nachts auf einer einsamen Landstraße, und einen Schutzengel benötigte ich dann in der Tat, immer vorausgesetzt, dass solche Wesen existieren und auch im Ernstfall bereit sein würden, sich meiner anzunehmen.
Es folgte ein Moment bedeutsamen Schweigens, der Bankbeamte bot mir eine teure Filterzigarette an und wir rauchten. Es war mir unklar, warum er mich in jenes nicht sonderlich luxuriöse Büro gebeten hatte, es konnte nicht daran liegen, dass er mich aus der Schalterhalle weghaben wollte aufgrund meiner äußeren Erscheinung, schließlich war ich noch kein Landstreicher, wirkte mir meinem Tornister allenfalls wie ein Tramper, auch solche kommen in Bankgebäude, lösen Schecks ein und eröffnen Konten, falls sie sich irgendwo als Saisonniers verdingen wollen oder auch als Austausch-Studenten, von weit her gekommen; kurz, er hätte mich auch mehr oder weniger höflich verabschieden können, doch nein, er bat mich in sein Büro und erzählte mir Belangloses, biedere Platitüden, die weder ihm zum Durchblick verhalfen, noch konnte ich mir etwas dafür kaufen.

Nachdem wir beide unsere Zigaretten fast zur Gänze geraucht hatten, strich er sich über sein schütteres Haar und fing an zu reden, ein gleichmässig-monotoner Redefluss, fast teilnahmslos, wie eine Litanei, von fern, wie von jemand anderem eingesagt, ich hörte mehr den Tonfall seiner Stimme, Rhythmus und Melodie, als die eigentliche Aussage; ich musste mich konzentrieren.

Es sei doch eine sehr seltsame Entscheidung von mir, ihm ungeläufig, schwer zu verstehen, kaum nachvollziehbar, in seiner dreißigjährigen Berufserfahrung sei ihm wohl der hochdotierte Manager untergekommen, der plötzlich alles hinschmiss, mit vierzig einem indischen Guru hinterherfuhr und sein Geld irgendeinem Ashram schenkte, auch der Fabrikantensohn, der ins Rauschgiftmilieu geschlittert war und dort vorzeitig verelendete, auch eine einstmals gefeierte Pianistin, die in ihrem ganzen Leben nicht mit Geld habe umgehen können, die im Alter gepfändet wurde, ihr Hab und Gut zwangsversteigert, schweren Herzens, wie er betonte, trotzdem habe die Bank noch einen sechsstelligen Betrag abschreiben müssen, aber noch nie, niemals in seinem Leben, habe er einen nicht einmal zwanzigjährigen Burschen gesehen, kräftig und scheinbar kerngesund, der ausgerechnet LANDSTREICHER werden wollte, ein Schulabgänger, dem nichts mangelte, kein warmes Bett, kein fließendes Wasser, keine regelmäßigen Mahlzeiten. Nun waren mir eben jene Ausführungen nicht neu, in gespielten Dialogen hatte ich sie mit mir selber unzählige Male durchgekaut, dass dieser arme Bankbeamte ausgerechnet der erste war, dem ich meinen Berufswunsch eröffnete, tat mir irgendwie leid, gerade ein Bankbeamter, auf Sicherheit und Vertrauen bedacht, Neid und Missgunst abhold, pedantisch und penibel, dabei diskret und loyal, was mochte er denken, allerdings: der Mann hatte mich genau verstanden.

Nun, warum er mir das alles erzähle, warum er sich so viel Zeit nehme für jemand, mit dem augenscheinlich kein Geschäft zu machen sei, nicht heute und nicht morgen, auch übermorgen sei es fraglich, und dann sei er ohnehin bereits im Ruhestand, nein, - jetzt raunte er vertraulich, rückte sein Gesicht näher an meines - sein jüngerer Bruder sei Priester, in einer kleinen Gemeinde, eine gute Autostunde von hier, bei dem Weg, den ich einzuschlagen gedachte, müsse ich ohnehin gegenwärtigen, auf Armenausspeisungen, Kleiderspenden und Notschlafstellen angewiesen zu sein, und die seien nun einmal fast alle kirchlich, dagegen sei kein Kraut gewachsen.

Offenbar hielt mich der Mann für nicht allzu gläubig, vielleicht gar für einen Atheisten, womit er unrecht hatte, ich verstand meine Berufung zum Landstreicher durchaus als eine Art Gottsuche, wobei ich natürlich noch nicht wissen konnte, welchen Gott ich am Ende finden würde, Jesus, Buddha, Allah, vielleicht auch gar keinen. Allerdings hielt ich meinen Mund, eine Diskussion über dieses Thema hätte nichts gebracht, die Adresse des Geistlichen konnte für mich von Vorteil sein, sie schien aber an irgendeine Bedingung geknüpft, sonst hätte sich der Mann nicht so viel Zeit für mich genommen.

Ich schwieg also beharrlich und sah ihm gerade ins Gesicht, welches sich nun kaum merklich umwölkte. Er bot mir eine weitere Schweigezigarette an, ergriff dann mit einer jähen Bewegung ein Blatt Papier, auf das er in großer, schnörkelloser Schrift eine Adresse schrieb und mir hinschob. Ich überflog die Adresse, - der Ort war mir vollkommen unbekannt, ebenso der Name des Priesters - faltete den Zettel zusammen, steckte ihn ein und stand auf. Der Bankbeamte zögerte noch, druckste herum, winkte mich zu sich heran und sagte schließlich mit gepresster Stimme:

„Wir sind eigentlich zerstritten. Mein Bruder und ich. Seit Jahren. Er hat einmal was gemacht, was ich nicht gutheißen konnte. Einen gesuchten Verbrecher bei sich versteckt. Er hat gemeint, mit der Justiz und ihrem Auftrag habe er nichts zu schaffen, er sei allein Gott verpflichtet. Und Gott lässt von keinem sein Auge, auch von keinem Verbrecher. Und die Polizei hat ihn dann gefunden. Bei ihm. Ich habe damals den Tip gegeben. Anonym, aber er hat´s mir trotzdem nie verziehen. Wurde versetzt, in die kleine Gemeinde. Züchtet Rosen und trinkt zuviel. Sagt man. Hört man. Unsere Eltern sind tot. Geheiratet haben wir beide nie. Ich würde gerne meinen Frieden machen mit ihm. Aber ich trau mich nicht, den ersten Schritt zu tun. Er wahrscheinlich auch nicht. Also?" Er erhob sich nun auch und streckte mir die Hand hin, ich schüttelte sie langsam, bedankte mich artig, ergriff mein Bündel und verließ das Bankgebäude.

Eigentlich war der Mann nicht unklug, dachte ich, als ich mit meinem Tornister in Richtung Bahnhof unterwegs war. Was er gesagt hatte, leuchtete mir ein, es dürfte wenig Sinn haben, weitere Geldinstitute aufzusuchen, auch dort dürfte ich nichts anderes erfahren, die Chancen standen gering, dass auch der nächste Bankbeamte einen Priester zum Bruder hatte, und die Idee, meinen Geldbetrag wenigstens zum Teil einem Kirchenmann anzuvertrauen, war für mich akzeptabel. Vollends den Ausschlag gab allerdings der Umstand, dass der Mann auf dem Lande lebte, dem Vernehmen nach Rosen züchtete und zuviel trank; von einer kleinen, ländlichen Gemeinde aus konnte ich wunderbar meine Landstreicher-Karriere starten. Auch der Vermittlungsauftrag zwischen zwei zerstrittenen Brüdern konnte mir nichts weiter anhaben, er tangierte mich nicht, zweifellos musste ich dem Priester erzählen, was mich überhaupt zu ihm führte, wie ich ausgerechnet auf ihn kam und was ich letztlich wollte, schließlich konnte er immer noch zu allem nein sagen, von seinem Bruder wolle er nichts mehr wissen und mein Geld wolle er nicht haben, für solche Dinge seien berufsmäßige Treuhänder zuständig, also Notare und Advokaten, deren Gebühren den größten Teil meiner tatsächlichen Barschaft aufgezehrt hätten.

Am Fahrkartenschalter saß eine dicke, blonde Frau, schätzungsweise nur wenige Jahre älter als ich, die mich in ihrer unverblümten, geradezu nassforschen Art lebhaft an meine Schwester Erika erinnerte. Mein Begehren nach einer Fahrkarte in eben diesen Ort, wo der Priester ansässig war, quittierte sie mit einem derben Lacher, den Ort kenne sie nicht, nie gehört, wo das denn bitte sein solle, ich wusste es ebenfalls nicht, ob nördlich, südlich, östlich oder westlich hatte mir der Bankbeamte nicht gesagt, lediglich die Zeitdauer, die man mit dem Auto ungefähr benötigte, es musste also im fünfzig- bis achtzig Kilometer-Umkreis sein, oder auch etwas weiter, wenn der Ort nahe der Autobahn lag; ich zog den Zettel mit der klaren Schrift des Bankbeamten aus der Tasche und hielt in ihr hin, sie betrachtete ihn stirnrunzelnd, schüttelte den Kopf und erhob sich schnaufend, auf dass ich die ganze Pracht ihrer Leibesfülle bewundern konnte. Sie rief mit krächzender Stimme einen Kollegen zu Hilfe, immerhin befanden wir uns noch nicht im Zeitalter der vollkommenen Vernetzung, sie mussten Landkarten verwenden, alphabetische Ortsregister, das dauerte alles seine Zeit. Nach geschlagenen zehn Minuten kam ich zu meiner Fahrkarte, ich hatte zweimal umzusteigen, von Personenzug zu Personenzug, und selbst dann war ich noch nicht am Ziel, da der Ort keinen Bahnhof hatte, ein Bundesbus verkehre alle Stunde, und es sei mit der Bahn und Gepäck doch schon recht umständlich. Mit einem schiefen Grinsen händigte mir die Frau die - teure - Fahrkarte aus, konnte sich die Frage nicht verkneifen, was ich dort eigentlich wolle, mit meinem Tornister schaue ich aus, als wolle ich nach Amsterdam trampen, da würde sie gerne mit, aber dorthin, nein, irgendwie hänge ihr das zu hoch. Da sie keine Antwort erwartete, gab ich ihr auch keine, schulterte mein Gepäck und versuchte, ihr schiefes Grinsen zu imitieren, es muss mir gelungen sein, denn sie brach in schepperndes Lachen aus.

Am gegenüberliegenden Zeitungsstand bekam ich eine Straßen- und Wanderkarte, Starthilfe für mein Landstreicher-Dasein, die ersten Wochen bis Monate wollte ich sie benutzen, bis ich hoffentlich ohne sie auskam. Ich schlenderte zum Bahnsteig, bis mein erster Bummelzug abfuhr, vergingen noch gute zwanzig Minuten, allerdings stand er schon bereit; ich verfrachtete also meine Siebensachen in den abteillosen Zug, es gab lediglich Sitzreihen, doch fand ich problemlos Platz, zumal ich der einzige Fahrgast war, zumindest bis jetzt.
Ziellos blätterte ich in den Karten herum, der Ort, von dem aus ich aufbrechen sollte, war im Grunde genommen ungewiss, es mochte der sein, den ich gerade ansteuerte, es mochte auch ein gänzlich anderer sein, vielleicht traf ich den Priester nicht an, vielleicht konnten wir nichts miteinander anfangen oder es ergab sich eben etwas anderes. Ein merkwürdig gleichgültiges Gefühl überkam mich, nun war ich am Beginn meiner Wanderschaft und fühlte mich doch ähnlich einem Häftling am Tag der Entlassung, egal, was er hinter sich lässt, er betritt Neuland, eine ungewisse Zukunft, doch er lässt sich treiben, er hat etwas Geld und ein paar Adressen, er blickt zurück ohne Zorn und nach vorn ohne Hoffnung, zumindest nicht mit allzu großer.
Ich blickte zurück ohne Wehmut, ich war am Ziel und gleichzeitig am Anfang, ich dachte an meine Schwester, zumal mich die Billeteurin so an sie erinnert hatte, sie war fünf Jahre

älter, ich verstand mich gut mit ihr, natürlich ohne ihr jemals von meinen Landstreicher-Plänen erzählt zu haben. Sie arbeitete bei der Post, am Schalter, heiratete mit einundzwanzig Jahren gänzlich unstandesgemäß einen Spanier marokkanischer Herkunft, eine Seele von einem Mann, der den ganzen Tag fernsehen konnte, Zeitung lesen oder auch nur dösen, denn arbeiten ging er nicht. Sein Bruder sei Fußballtrainer in Schweden, verdiene dort Unsummen und würde ihn unterstützen, sagte er, angelegentlich bekam ich mit, dass er durchaus Geldzuweisungen aus Schweden erhielt, doch eher unregelmäßig, und selten in der erwarteten Höhe. Ich bekam auch mit, dass die Schwester - ich besuchte sie damals mehr oder weniger oft, meist an Wochenenden - nicht nur einmal die Nerven wegschmiss, wenn Ali (so hieß er zwar nicht, aber wir nannten ihn so) ihre geräumige Dreizimmer-Wohnung wieder einmal in einen orientalischen Basar verwandelte; verwegene Gestalten mit Bartstoppeln und unzähligen Runzeln im Gesicht, mit schadhaften Zähnen und nikotinverfärbten Fingern, in Turbanen, Burnussen, teils auch in Designer-Jeans und teuren Lederjacken, gaben sich dort die Klinke in die Hand, spielten Schach oder Backgammon, breiteten Waren aus, rauchten Wasserpfeifen, tranken Tee, seltener Bier und Schnaps, Ali stand in der Küche und schmorte Hühnerkeulen mit Gemüsen und Gewürzen, - sie schmeckten hervorragend - meine Schwester Erika bekam einen Schimpfanfall, tobte in jenem merkwürdigen Idiom aus mit französischen Brocken versetztem Arabisch und dem Tonfall jener südspanischen Enklave, aus der die meisten stammten, sie beherrschte es perfekt, einige klaubten murrend ihre Hehlerware zusammen und trollten sich, andere schimpften zurück, lautstark und chancenlos, weil Ali, der Hausherr, sich jeglicher Parteinahme enthielt.

Wie ich später erfuhr, hatte er allen Grund dazu, denn er war zeugungsunfähig, zwar christlich getauft, doch muslimisch erzogen, es war keine Schande, wenn er nicht arbeiten ging, jedoch eine viel größere, wenn er nicht für Nachkommenschaft sorgen konnte. In einer Gemeinschaft, wo Kinderreichtum dem Traditionsverständnis nach den Lebensabend sichert, dürfte dieser Umstand seinem Selbstwertgefühl einiges an Schaden zugefügt haben; das mochte auch der Grund sein, dass sein Bekanntenkreis fast nur aus schrägen Vögeln bestand, menschliches Treibgut zwischen Rauschgiftbuden und Gefängnisaufenthalten, mickrige, windige Typen, gesichtslos, charakterlos, ich konnte mit ihnen nichts anfangen.

Die Stimmung bei der Schwester begann öfter zu sinken, immer seltener hatte ich das Bedürfnis, sie zu besuchen, ihre gelegentliche Launenhaftigkeit gerann zu chronischer Apathie, wenn ich bei ihr übernachtete, schlief sie mit ihrem Angetrauten bis in die Mittagsstunden, schlurfte dann missmutig durch die Wohnung, ich erkannte nicht, ob ich überhaupt willkommen war oder lediglich geduldet, ob sie mich nur aus familiären Gründen nicht hinauswarf, weil ich nun einmal ihr kleiner Bruder war, ob ich bereits störte; kurz, auch die Schwester, der ich mich seit Kindheitstagen am meisten verbunden gefühlt hatte, wurde mir fremder, allerdings war sie daran selber nicht ganz unschuldig.
Der Zug fuhr an und ich sah eine Weile aus dem Fenster. Meine Fahrt ging ziemlich direkt nach Nordosten, auf Nebengleisen, durch Kukuruzfelder und sanfte Hügel, wo Wein wuchs und Obstbäume, ein wolkiger Tag, nicht mehr kalt und noch nicht warm, Ende Februar, nach meiner Überlegung eine gute Zeit, die Landstreicher-Karriere zu starten, eine längere Frostperiode war nunmehr in diesen Breiten unwahrscheinlich, auch Nachtfröste waren ausgeblieben. Ich hatte auch keineswegs vor, das Kind mit dem Bade auszuschütten und sofort im Freien zu kampieren, was mein Landstreicher-Dasein möglicherweise beendet hätte, bevor es überhaupt begonnen hatte. Ich musste kompromissbereit sein, Notschlafstellen aufsuchen, Eisenbahngarnituren, Scheunen, verlassene Gehöfte, auch ein Lager bei dem Geistlichen konnte, durfte ich nicht ablehnen. Langsam wollte ich mich herantasten an die Landstreicherei, mich abhärten, mental und physisch, ich hatte Glück, ich hatte eine gute Konstitution, mit meinen wenigen Lenzen brachte ich einige achtzig Kilo auf die Waage, knapp unter Mittelgröße, von pyknischem Körperbau, der Schwester ähnlich, die allerdings etwas größer war, wohl auch etwas schwerer. Die unsichtbare, gläserne Wand, die mich seit Kindesbeinen von meiner Umwelt und

meinen Mitmenschen trennte, hatte durchaus ihr Gutes, ich hatte mich mein ganzes, bisheriges Leben noch nie mit einer Krankheit angesteckt, von sämtlichen Kinderkrankheiten blieb ich verschont, auch ein banaler Schnupfen erreichte mich nicht, alles in allem gute Voraussetzungen für ein Leben auf der Straße.

Dünn war in der Familie eigentlich nur mein Bruder, es blieb rätselhaft, warum, zumal er nicht weniger aß, als wir anderen, Leptosomen kamen bei uns kaum vor, nichtsdestotrotz wuchs er uns allen davon, überragte Vater und Mutter, die Schwester und mich, allerdings wuchs er nicht über sich selbst hinaus, zumindest nicht in der Zeit, in der er bei den Eltern lebte. Als einziger von uns Kindern studierte er, - ich weiß nicht mehr, was - erfüllte also den Traum der Eltern, die es mit Fleiß und rigoroser Sparsamkeit zu einigem Wohlstand gebracht hatten. Er war jedoch paradoxerweise das schwarze Schaf der Familie, nicht etwa die Schwester, die es schon in jungen Jahren wüst getrieben hatte, - anders kann man es nicht nennen - nein, der Bruder bekannte sich früh und offen zu seiner Homosexualität, anders als ich zu meinem Landstreichertum, erntete Unverständnis, offene Missbilligung, ja Feindschaft. Der Vater erwog zeitweise allen Ernstes, ihn zu enterben, weil er der Veranlagung nach nicht zur Erhaltung der Art, sprich der Familie, beitragen werde und könne, ein kluger Jurist brachte ihn schließlich davon ab, dennoch hing monatelang der Haussegen schief. Der Bruder zog bald aus, jobbte nachts in Schwulenkneipen, traf sich recht selten mit uns, meist mit der Mutter allein, die ihm Geld zusteckte und ihn mehr oder weniger kopfschüttelnd bemitleidete. Ich hatte keine Beziehung zu ihm, obwohl wir uns jahrelang das Kinderzimmer geteilt hatten, wir lebten uns recht schnell auseinander; er war zwei Jahre älter als ich, seine sexuelle Ausrichtung bekam ich durchaus mit, ohne sie zu teilen, ich fühlte mich wie ein Hetero, war wohl auch ein Hetero, stellte aber, ganz Karrierist, in jenen Jahren meine Sexualität hintan; schließlich: welche Frau würde sich schon mit einem LANDSTREICHER einlassen wollen?

Ich musste umsteigen, eine mühsame und beschwerliche Angelegenheit, ein Marktflecken, den ich nicht einmal dem

Namen nach kannte, die Landbevölkerung mürrisch, noch einige Haltestellen mit dem nächsten Bummelzug, dann mit dem Autobus weiter, immer weiter nach Nordosten, zu einem Priester, der von mir nichts wusste, ich von ihm auch nicht, ein Sprungbrett oder Zeitverschwendung, Steigbügelhalter oder Zeigefinger hebender Mahner, einerlei; in jedem ländlichen Pfarrhaus gab es eine warme Suppe, mit etwas Glück ein Notbett, mehr wollte ich noch gar nicht erwarten.

Der Bummelzug, eine altersschwache Bahngarnitur mit einer ratternden Diesel-Lok   schlich auf einem einspurigen Gleis dahin, mit allenfalls dreißig Stundenkilometern, den wenigen Fahrgästen stand der stoische Gleichmut im Gesicht geschrieben, den man benötigt, um in dieser Gegend einen Nahverkehrszug zu benutzen; ich sah an ihnen vorbei, aus dem Fenster, in weite Ferne, Wein- und Obstbau, ein kleines Wäldchen dazwischen, im ausklingenden Winterschlaf, Rauch stieg aus den Schornsteinen der wenigen Häuser.

Eine andere, merkwürdige Episode aus dem Elternhaus fiel mir ein, ich war noch ein Kind, vielleicht acht Jahre, oder auch neun, es müssen Ferien gewesen sein, denn niemand von uns dreien ging zur Schule, auch Vater und Mutter waren zuhause, wir schliefen etwas länger als gewohnt, ich sah die Schwester am Frühstückstisch sitzen, leicht bekleidet zündete sie sich mit den Füßen eine Zigarette an, in einer merkwürdigen Haltung führte sie die Zigarette immer wieder mit dem rechten Fuß zum Mund, auch das Abstreifen der Asche gelang ihr zielgenau, jene ungeheure Gelenkigkeit trotz ihrer Korpulenz war wiederum nicht vonnöten, um ein Gebrechen zu kaschieren, sie tat es offenbar aus Lust an der Show, an der Provokation, die weniger im Akt des Rauchens zustande kam, - sie durfte bereits rauchen - sondern in der lasziven Art, in der sie ihren Pubertätsspeck zur Schau stellte, Mutter und Vater schwiegen betreten, ein eigenartig süßlich-strenger Geruch umgab sie, trotzte den Tabakwolken, die Stimmung war merkwürdig, ich konnte mit den hölzernen Mienen nichts anfangen, auch nicht mit der Akrobatik der Schwester, ich strich mir ein Frühstücksbrot und ging dann meinen kindlichen Verrichtungen nach. Auch die spätere

Bemerkung des Bruders, unsere Schwester sei nun keine Jungfrau mehr, ließ mich eher ratlos zurück, in meiner kindlichen Unschuld wusste ich weder, was eine Jungfrau überhaupt war, noch, wie man eine Jungfernschaft verliert oder ob eine solche schützenswert sei, aus welchen Gründen auch immer. Möglich, dass der Bruder, der Schwelle zur Geschlechtsreife näher als ich, hier eine Art Schlüsselerlebnis hatte, soviel geballte weibliche Sexualität in dem Körper einer Vierzehnjährigen kann ihn erschreckt haben, vielleicht auch erregt, das Begehren der eigenen Schwester jedoch mit Strafe bedroht, Inzucht, verbotene; möglicherweise trieb ihn das in die Hände von Homophilen.

Meine Haltestelle nahte, ich zwängte mich durch die enge Zugtür ins Freie, leichter Nieselregen hatte eingesetzt, ich zog mein Bündel hinter mir aus dem Waggon und sah mich nach dem Autobus um. Ein alter Schaffner bot mir seine Hilfe an, erklärte mir freundlich, dass der Bus, der im übrigen schon vor dem Bahnhofsgebäude bereitstand, meinen Zielort bis auf weiteres nicht anfahren könne, die Straße sei gesperrt wegen Reparaturarbeiten, die aber wiederum nicht durchgeführt werden konnten, warum auch immer, die Einheimischen wichen auf die Feldwege durch die Weingärten aus, nur der Bus käme dort eben nicht durch. Ich registrierte wohl, dass ich von der Aussicht, kilometerweit meinen Tornister durch Weingärten zu schleppen, überhaupt nicht begeistert war, auch angesichts des aufziehenden Schlechtwetters; doch gab ich mir einen Ruck, schließlich wollte ich Landstreicher werden. Der Busfahrer, ebenfalls ein hilfsbereiter, zuvorkommender, älterer Mann erklärte mir, dass es für mich keinen Sinn mache, überhaupt bei ihm einzusteigen, er müsse den Ort mehr oder weniger weiträumig umfahren, käme ihm nicht näher als acht, bestenfalls siebeneinhalb Kilometer, am Sinnvollsten sei es, wenn ich meinen Fußmarsch hier beginnen würde, Taxi gäbe es keines, auch in den Weingärten sei um diese Jahreszeit kaum jemand unterwegs, der mich ein Stückweit auf seinem Traktor mitnehmen könne; er fischte umständlich aus einer mitgeführten Tasche ein Blatt Papier zutage, auf dem er mir skizzierte, welcher Weg durch die Weingärten nun der kürzeste sei, bei dem einen Marterl links hinauf, bis ich von weitem den Weinkeller Fuchs erkennen könne, eben dieser Weinhauer Fuchs habe sich ein riesengroßes Schild an seinem Winzerhaus anbringen lassen, offenbar um die Mittelmäßigkeit seiner Weine zu übertünchen, aber das bliebe jetzt unter uns. Ich müsse auch gar nicht bis hin zu dem Haus, sondern vorher abermals links abbiegen, die letzte Möglichkeit vor dem Weinhaus, dann stieße ich, nach einer geraumen Wegstrecke immer geradeaus, nicht rechts und nicht links, es gäbe Abzweigungen, die ich aber tunlichst zu meiden hätte, auf die gesperrte, kaputte Straße, auf der ich mich rechts wenden müsse, - hier sprengte die angefertigte Skizze den Platz auf dem Papier - ich würde aber nach wenigen Kilometern den Zielort erreichen und den Pfarrer, den er im übrigen persönlich kenne und sehr schätze, zweifellos im Pfarrhaus antreffen. - Es blieb mir in der Tat nicht viel mehr übrig, als die Skizze, auch wenn sie unvollständig war, einzustecken und mich auf den Weg zu machen, mit missbilligendem Blick auf den Himmel, denn der Regen war stärker geworden; die erste Etappe als LANDSTREICHER harrte meiner.

Schon im Ort war es schlammig und mühsam, ich rechnete des weiteren mit etwa zwei Stunden Gehzeit, da ich das Marschieren mit Gepäck nicht gewohnt war, ich hatte keinen Heeresdienst absolviert, hatte mich bis zum Schulabschluss zurückstellen lassen, ein Landstreicher hat beim Militär nichts zu suchen, und sollte ich irgendwann ausgeforscht und dingfest gemacht werden, stellte sich die Frage, ob das Militär einen Landstreicher überhaupt brauchen könne, wahrscheinlich störe er nur, demoralisiere und destabilisiere die Truppe, sei womöglich psychisch und physisch gar nicht mehr in der Lage zu dienen, und was dann mit mir zu geschehen habe, konnte zu jenem Zeitpunkt niemand wissen, am allerwenigsten ich selber. Schon malte ich mir aus, einmal vor einem solchen Tribunal zu stehen, lauter ratlose Kommissköpfe befragten mich argwöhnisch, woher denn meine Motivation komme, mich freiwillig der Verwahrlosung anheim zu geben, ich müsse doch nicht mehr richtig ticken, und ich sagte ihnen meine Meinung, was ich von ihnen hielt, das Militär war mir zutiefst zuwider, kaum etwas verabscheute ich mehr als das Soldatentum, Uniform, Drill, Kadavergehorsam, Schießübungen und Nahkampfsport, hier wurden die von mir zu meidenden Sachzwänge auf die Spitze getrieben, ja pervertiert, der Zwang war plötzlich die Sache an sich, eben diese Sache musste ich mir möglichst weit vom Halse halten.

Es reihte sich Weinhauer an Weinhauer, doch fand ich einen Greißler, bei dem ich eine Flasche Wasser und etwas Schokolade kaufte, Wegzehrung, Proviant für mein nicht ganz freiwilliges Debüt als Landstreicher, noch eingeschränkt, Landstreicher mit konkretem örtlichen Ziel, eher noch Wanderer, Spaziergänger, der da bei Regen durch die Weingärten tappte, auf der Suche nach einem Geistlichen, dem er seine Barschaft - oder zumindest einen Großteil derselben - anvertrauen wollte, um weiterzutappen, ziellos, meditativ, auf der Flucht vor den Zwängen des Alltags, um sich den Zwängen der freien Natur um so besser stellen zu können.

Ich war gehörig durchnässt, als ich im Zielort ankam, zwar war meine Prognose von zwei Stunden Fußmarsch doch etwas zu pessimistisch angesetzt gewesen; denn nach anfänglichem, unregelmäßigem Stolpern fand ich doch bald zu einem recht flotten Rhythmus, verstand es, den schaukelnden Tornister weich abzufangen und mich nicht aus dem Takt bringen zu lassen, auch führte der Weg nicht durch terrassenförmig angelegt Weingärten, sondern über sanfte Hügel, Steigung und Gefälle hielten sich in Grenzen, nach etwa eineinhalb Stunden war ich im Ort, wo der gesuchte Geistliche wirkte.
Der Ort war klein, ein Straßendorf, welches an einer Hügelkuppe endete, wo linkerhand unübersehbar die Kirche aufragte, mit Kirchhof und Pfarrhaus, einige neuere Häuser gruppierten sich weiter um den Hügel, etwas ermattet klopfte ich am Pfarrhaus. Es dauerte eine Weile, bis ich ein Scharren hörte, ein merkwürdiges Rascheln wie von einem Haustier, ich fragte mich von welchem, ein Hund hätte zweifellos gebellt, eine Katze nicht zwangsläufig miaut, aber kaum soviel Geräusch gemacht, doch dann öffnete sich die Tür und eine knopfäugige Frau mit strähnigem Dunkelhaar und vielleicht

einigen vierzig Jahren schaute mir direkt in die Augen und zog mich wortlos hinein. Ohne zu zögern warf ich im Vorraum meinen Tornister ab - er schmerzte schon eine ganze Weile - und erkundigte mich höflich nach dem Geistlichen.

„Der Herr Pfarrer ist drüben in der Kirche", sagte die Frau mit ratternder, etwas fremdländisch anmutender Stimme, „aber komm erst mal rein, trink einen heißen Tee! Zieh die Schuhe aus, hier hast du Hausschuh!"
Sie drückte mir Pantoffeln in die Hand und ging mit eckigen Schritten voraus in die Stube.
Dankbar nahm ich den Tee und sah mich in der Stube um. Eine niedrige Balkendecke und ein völliges Chaos aus Büchern, Zeitschriften, Zeitungen, teils auf dem Fußboden gestapelten Ausrissen, gut beschwert mit einem Ziegelstein, ließ den Raum zunächst kleiner erscheinen, als er war. Ein massiver Schreibtisch stand am Fenster, gegenüber war eine kleine Sitzgruppe, wo mich die Frau hindirigierte; sie fragte mich nicht, was ich wollte, und ich sagte es ihr auch nicht. Es roch schwer nach Tabak und Holz, nach einer weiteren Tasse Tee bemerkte ich, dass der Raum völlig überheizt war. Artig bedanke ich mich bei der Frau, zog meine Schuhe wieder an und ging hinüber zur Kirche.

Die Kirche war feucht und kalt, wie alle Kirchen, hinter der Sakristei hörte ich jemanden rumoren und ging darauf zu. Der Mann im schwarzen Rollkragenpullover und der speckigen, blauen Hose, der da Gesangsbücher stapelte, Orgelnoten sortierte und Selbstgespräche führte, war allein in dem kleinen Hinterzimmer, es musste der Gesuchte sein.
Er war klein, fast zwergenhaft, maß kaum mehr wie eineinhalb Meter, war aber dickbäuchig und breitschultrig, hellwache, wasserblaue Augen blinzelten mir neugierig-freundlich entgegen, ein rosiges, nicht ganz perfekt rasiertes Gesicht und einem angrauten Haarkranz glänzte in der matten Beleuchtung, aufgeräumt kam er auf mich zu und streckte mir seine gar nicht so kleine Hand entgegen.
„Grüß dich! Du bist der Organist?" Nein, der Organist war ich nicht, die Frau im Pfarrhaus hatte mir nichts gesagt, dass er auf einen Organisten wartete, offenbar nahm sie es als

gottgegeben an, dass ich der Organist zu sein hatte. Einen Moment lang zögerte ich, drückte dem kleinen Mann gedankenverloren die Hand, murmelte schließlich, nein, der Organist sei ich nicht, ich käme vielmehr aus der Stadt, (was kein Hinderungsgrund gewesen wäre, nicht doch der Organist zu sein) ich hätte beschlossen, LANDSTREICHER zu werden und wolle ihm etwas Geld anvertrauen, - beim Stichwort Geld wurde er hellhörig, nahm mich beim Arm, „komm, gehen wir doch ins Haus", und so dirigierte er mich sanft, aber bestimmt aus der Kirche.

Dann roch ich seine wirklich atemraubende Schnapsfahne, was umso schwerer wog, da bei ihm keinerlei Anzeichen von Trunkenheit zu bemerken waren, keine aufgesetzte Lustigkeit, keine starre Begriffsstutzigkeit, kein allzu zackiger Schritt; im Gegenteil, der Mann war wach, konzentriert, sein Auge klar, die Bewegungen geordnet. Es kam mir aber auch nicht so vor, als habe er sich rein zufällig, in der kalten Kirche auf den offenbar säumigen Organisten wartend, zwei, drei Gläschen genehmigt, um sich etwas aufzuwärmen, denn der ganze Kerl roch nach Alkohol, schwitzte ihn förmlich aus allen Poren, in seinen Rollkragenpullover, in seine verfleckte, alte Hose; einerseits schmunzelte ich in mich hinein, Schnapstrinker können witzige, gesellige Zeitgenossen sein, andererseits fragte ich mich, ob es sinnvoll war, dem Mann Geld anzuvertrauen, um die Verlässlichkeit bei Alkoholikern ist es nicht allzu gut bestellt, ich sollte einen Zeugen haben, der erwartete Organist fiel mir ein, ein dem Pfarrer unbekannter, vorurteilsloser Mann, vielleicht konnte ich es so deichseln, dass er zugegen war, wenn ich dem Kirchenmann Geld anvertraute. Die Schnapsfahne tat auch ein übriges: hatte ich vorher noch Hemmungen, seinen Bruder zu erwähnen, um nicht gleichsam mit der Tür ins Haus zu fallen, so waren diese nun verflogen, sobald wir im Hause beisammen saßen, sagte ich dem Mann, wer mich an ihn verwiesen hatte, nämlich sein Bruder, mit dem er offensichtlich schon länger zerstritten war.
„Bernhard? - Ach Gott!" sagte er nur. Wir saßen in der Stube, die Haushälterin schaute verdutzt, als ihr klar wurde, dass ich nun doch nicht der erwartete Organist war; auf die Frage hin, wer ich denn dann sei, antwortete der Pfarrer lakonisch, ein

LANDSTREICHER, was mich sehr für ihn einnahm, er schien mich also ernst zu nehmen. Kein Freund langer Worte, erklärte ich ihm ohne Umschweife, was ich von ihm wolle. Er stopfte sich umständlich eine schwarze Tabakspfeife, bot mir nun seinerseits von dem faden Tee an, ich verzog das Gesicht; ich könne ein Bier auch haben, sagte er dann, in der Tat, das entsprach meinem momentanen Geschmack weit eher.

„Weißt du, mit dem Bernhard habe ich längst meinen Frieden gemacht. Nur müsste ER kommen und mir die Hand zur Versöhnung reichen, ich nehme sie schon. Aber ich fahr' nicht zu ihm hin. Schließlich hat ER damals mein Vertrauen missbraucht, nicht ich seines. Ich werde immer so handeln wie damals. Mit der weltlichen Rechtsprechung habe ich nichts zu schaffen."

Er zog kräftig an seiner Pfeife. Wir tranken beide Bier aus der Flasche.

„Er hat dir garantiert nicht die ganze Geschichte erzählt, der Bernhard. Nämlich, dass seine Bank den armen Kerl in den Ruin getrieben hat, damals. Ins Kriminal. Junger, tüchtiger Kerl. Ofensetzer, fleißig, redlich, sparsam. Und er wird krank. Verschleppte Gehirnentzündung, kann nie wieder arbeiten, nie ganz gesund werden. Lähmungserscheinungen, Koordinationsstörungen, leichte Verblödung. Und der Bernhard stellt die Kredite fällig. Er wird gepfändet aufs Existenzminimum, obwohl er zeitweise Pflege braucht. Er kauft sich eine Schreckschusspistole und raubt die Bank aus, die ihm so arg zugesetzt hat. Natürlich kommt er nicht weit. Bis ins Gefängnis eben. Und dort war ich der Gefangenenseelsorger. Brachte den Burschen immer kleine Geschenke mit. Gut, sie mussten mir schon halbwegs sympathisch sein. Aber kein einziger hat mich je verpfiffen, siebzehn Jahre lang. Das tat erst der Bernhard. Nach zwei Jahren bekam der arme Tropf Ausgang. Erst in Begleitung, dann allein. Und er kam zu mir. Sagte, ich geh' nicht mehr zurück. Und ich sagte, bleib erst mal da. Und der Bernhard hat das mitbekommen und ist zur Polizei gerannt. Seine Pflicht, wie er sich einbildet. Dummes Geschwätz. Aber meine Pflicht als Seelsorger war, den Mann nicht auszuliefern. Und wegschicken? Der hatte doch längst niemand mehr! Aber gut, das ist alles lang her. Mein Bruder Bernhard ist sieben Jahre älter als ich, möglicherweise ist er etwas ruhiger geworden. Weißt du, der war auf einmal die Nummer zwei. Wir sind nur zwei Brüder, altersmäßig zu weit auseinander. Aber wir hatten ja keinen Einfluss auf die Familienplanung der Eltern. Und der Bernhard hatte etwas von einem Schulfuchs. Mit überkorrektem Verhalten andere sekkieren. Nicht um der Korrektheit willen, sondern um andere zu unterdrücken. Später wurde es ganz schlimm mit ihm. Studieren hätte er sollen, hat er nicht zusammengebracht. Ist ja nicht weiter schlimm, kann ja nicht ein jeder studieren, aber der Kerl hat einen solchen Minderwertigkeitskomplex entwickelt, dass es ganz aus war. Alle und jeden hat er regelrecht bespitzelt. Ob ich von der Schule direkt nach Hause ging. Bei wem die Mutter wann was einkaufte, wer wann und warum ins Haus kam. Oder ob der Vater wirklich zweimal die Woche Karten spielte, bei welchem Wirt, ob er Sparvereinssitzungen oder Sportveranstaltungen vorschützte, um sich aushäusig zu amüsieren. Nach dem Motto, ich weiß etwas von dir, aber du weißt nicht, dass ich es weiß. Informationsvorsprung gleich Machtvorteil, dabei war er ein lausiger Schachspieler. Ich glaube sogar, ich selber war es, der den Vorschlag gemacht hat, er soll sich doch bei einer Bank bewerben, da war ich zwölf. Und er zwanzig und jobbte. Mal hier, mal dort. Und die Bank hat ihn auch prompt eingestellt.

Wenigstens hatten wir dann unsere Ruhe vor ihm, er zog bald aus, streberte die ersten Jahre wie ein Blödsinniger und hat sich dann recht positiv entwickelt. Lockerer, nicht mehr so komplexbeladen. Und ich bin halt Priester geworden. Keine religiöse Erweckung, ich lernte halt die alten Sprachen gern. Dann konnte ich sie alle und überlegte, was fang´ ich damit an. Archäologe, Altphilologe oder eben Geistlicher. Der Zufall hat entschieden, ich hatte Klavierunterricht, - den mir mein unmusikalischer Bruder neidete - lernte dadurch ganz passabel die Kirchenorgel spielen, ließ mich als Aushilfsorganist anwerben. So kam ich ins klerikale Milieu. Ein Priester gefiel mir, ich wollte es ihm gleichtun, und so wurde ich auch Priester. Bereut hab´ ich es nie. Natürlich - hier draußen ist nicht viel los. Die Herausforderungen halten sich in Grenzen. Aber ich werde ja auch nicht jünger." Er trank einen großen Schluck Bier und zündete seine Pfeife wieder an, die während seiner Ausführungen erloschen war.

„LANDSTREICHER also! Also ein verkommener Dreckspatz, mit schmutzstarrender Kleidung, hinterhältig, heimtückisch, verschlagen. Ohne Bindung, ohne Glaube, ohne Liebe. Kein kauziger Globetrotter, der in den Süden trampen will, in die Sonne, Friede, Haschisch, freie Liebe! So einer hätte mir sicher kein Geld anvertrauen wollen! Auch kein Ausreißer, der aus beengten Verhältnissen ausbricht, irgendwo in der Fremde sein Glück machen will - die Betonung liegt auf Glück, denn er weiß nicht, wie sich das anfühlt. Kein bildungshungriger Idealist, der fast unbemittelt die Erdteile bereist, sich da und dort zu eintöniger Arbeit verdingt und überall Wissen anhäuft, intellektuelles Wissen! Auch kein Wanderprediger, kein Erleuchteter, der das Rechte Wissen verkündet und sich mehr schlecht als recht daran hält, kein Prophet, kein Guru, kein selbsternannter Heilsbringer, der würde keinen Dorfgeistlichen aufsuchen. Wenn ja, würde er ihm kein Geld zur Aufbewahrung geben wollen, sondern allenfalls, um ihn zu ködern. So jemand wie du ist mir noch nie untergekommen! Ein totaler Verweigerer! Vielleicht ein Mystiker, der eins werden will mit der Erde! Sich von Würmern und Insektenlarven ernähren, um selber zu Wurm oder Insekt zu werden! Um im Magen eines Vogels weiterzuleben, sich aus dem Vogelkot erneut zu erheben, wahrlich, das ist das Ewige Leben! - Es ist spät geworden. Streck´ dich ein paar Stunden auf der Ofenbank aus, Landstreicher. Morgen bekommst du noch ein Essen, dann werfe ich dich standesgemäß hinaus. Und jetzt geh´ ich noch eine Stunde zum Wirten."

Auf der Ofenbank schlief ich einen tiefen Schlaf, der von vereinzelten, eher trüben Traumsequenzen durchsetzt war. - Ali, mein marokkanischer Schwager, rannte mir auf einem staubigen Feldweg hinterher, es war bereits Sommer, noch immer war ich auf dem Weg, LANDSTREICHER zu werden, gemächlich schlenderte ich den Feldweg entlang, während er mir, mit einer Art Medizinbeutel in der Hand nachhechtete, -

„Nimm das mit, nimm das mit", schrie er immerzu, „es soll dir Glück bringen!" Nun hatte ich nichts dagegen, von ihm einen Talisman mit auf die Wanderschaft zu nehmen, er meinte es gut, wir waren Freunde, ich verlangsamte meine Schritte noch mehr, um ihn herankommen zu lassen; weit war er nicht mehr entfernt. Allerdings fiel er immer mehr zurück, sein Rufen wurde schwächer und schwächer, erstarb fast, ich hielt inne und wandte mich um, ich sah rötlichen Staub in flirrender Hitze, von meinem Schwager keine Spur; ich fand es schade. Später träumte ich, dass ich krank im Bett lag, bei den Eltern, in meinem Zimmer, ohne zu wissen, was mir eigentlich fehlte. Die Mutter (oder war es die Schwester) schob mir wortlos Essen in die Stube, von dem ich keinen Bissen anrührte, ich blickte auf die Zimmerdecke, von der unzählige grüne Fratzen zu mir herunterstarrten, feixenden Kobolden gleich, die sich über mich lustig machten. Es vergingen Tage (oder waren es Wochen, Monate?), bis ich, scheinbar genesen, aufstand, als sei nie etwas gewesen, die mir bereits vertrauten Fratzen waren verschwunden, ich ging die Treppe hinunter, das Haus war offenbar seit längerem verlassen, unbewohnt, in der Garderobe hing ein Mantel, - mein Mantel - ich zog ihn an und ging aus dem Haus, eine menschenleere, verschneite Straße entlang ins Ungewisse; es musste kalt sein, doch ich fror keineswegs.

Ein kratzendes, scharrendes Geräusch weckte mich auf, ich sah in die hellgrünen Augen eines pechschwarzen Katers, die mich halb verärgert, halb neugierig anfunkelten. Offenbar hatte ich ihm seinen Platz weggenommen, auf der schmalen, unbequemen Ofenbank, die wahrlich jenem Kater besser anstand, als meinem postpubertären Übergewicht, schon schickte ich mich an, das Feld zu räumen und auf dem Fußboden weiterzuschlafen, als mit lautem Geklapper von Blechgeschirr des Pfarrers Haushälterin in die Stube stolperte, mit wirrem Haar und fleckiger Kittelschürze ein Holztablett vor sich hertragend, sie erschrak, offenbar hatte der Pfarrer ihr nicht gesagt, dass er mir für die Nacht die Ofenbank zugewiesen hatte. Der Kater wiederum erschrak weniger, barg doch das Tablett auch sein Frühstück, sie stellte es auf dem Tisch ab, entnahm ihm ein Schälchen Milch und ein weiteres mit undefinierbaren, fettig-knorpeligen Fleischbrocken, stellte beides direkt unter die Ofenbank und warf mir einen missbilligenden Blick zu. Der Kater stürzte sich schmatzend auf sein Fressen, ich richtete mich langsam auf, blinzelte und rieb mir die Augen. - „Der Herr Pfarrer hat nichts gesagt, dass du dableibst", schnarrte sie strafend. „Er kommt gleich. Er ist noch in der Kirche und betet. Er betet immer morgens in der Kirche!" Es war mir nicht klar, ob dies eine Aufforderung war, es ihm gleichzutun, oder ob sie mir lediglich Zeit zum Verschwinden geben wollte, in der Annahme, dass ich mich dort die Nacht über eingeschlichen hätte. Es war mir allerdings egal, was sie dachte, ich schob sie zur Seite und ging aufs Klo, es mochte etwa sieben Uhr früh sein, ein trüber Tag kündigte sich an.

An Schlaf war nun ohnehin nicht mehr zu denken, die Haushälterin rumorte in der Küche und würde über kurz oder lang das ganze Gebäude putzen, überdies mochte sie mich nicht, was wiederum ihr gutes Recht war; niemand muss einen Landstreicher mögen. Schlaftrunken und unausgeruht überlegte ich, sofort das Weite zu suchen, ich war müde und verärgert, der Kater und die Haushälterin hatten mich allzu unsanft aus meinem Traum gerissen.

Ich trat wieder hinaus auf den Gang, hatte meine zornmütigen Gedanken noch nicht ganz abgestreift, als ein fröhlicher, aufgeräumter Pfarrer mit vergnügt leuchtenden Augen das Haus betrat, mir einen guten Morgen wünschte und mich zum Frühstück bat; wenn er auch seine durchdringende Schnapsfahne wieder vor sich hertrug, so war doch seine gewinnende Art durchaus geeignet, mich zu besänftigen; wir setzten uns an den Tisch und frühstückten miteinander.
Im Laufe des Vormittags erhielt der Pfarrer einen Anruf von jenem Organisten, den er bereits Tags zuvor erwartet hatte, er entschuldigte sich und erklärte, er könne nicht kommen, nicht heute, nicht morgen, möglicherweise überhaupt nicht. Ich zählte dem Pfarrer im Beisein seiner Haushälterin mein Geld vor, ich behielt wenig, das meiste vertraute ich ihm an. Während die Haushälterin bald darauf wieder ihrer Tätigkeit nachging, blieb ich bei dem Geistlichen, der bei aller

Schrulligkeit überhaupt nicht dem Klischee eines Landpfarrers entsprach, kein salbungsvolles Getue, keine Bibelzitate, keine frommen Kalendersprüche; freundlich reichte er mir einen Teil der Tageszeitung, entzündete mit einem Streichholz eine kleine Zigarre und las wortlos in eben dieser Zeitung; ich tat es ihm gleich.

Nach dem Mittagessen brach ich auf, ich weiß nicht mehr, was die Haushälterin auftischte, ich wusste nur, dass dies meine letzte Mahlzeit in konventionell-bürgerlichem Rahmen sein sollte; auch auf die Gefahr hin, vom vielen Essen müde und schlapp zu werden, aß ich mich satt und rund.

Der Tag war kühl, bewölkt und etwas windig, wenn auch trocken. Der Pfarrer stand in der Tür und winkte mir zu, ich winkte zurück. Seine Haushälterin sah ich nirgends.

II.

Was isst ein Landstreicher? Die Frage als solche ist leicht zu beantworten, er isst, was er findet. Nun lautet die Frage: wo sucht ein Landstreicher nach Essbarem? Auf Müllkippen am Rande der großen Städte, in Mistkübeln, fragt er in Großküchen oder Schlachthöfen nach Abfällen oder wendet er sich von vornherein an Ausspeisungen von Ordensspitälern oder Klöstern? Fragt er den nächsten Bauern, ob er gegen eine warme Mahlzeit den Stall ausmisten darf? Ernährt er sich von Beeren und Früchten, Hasenkot und Moos, fängt er Niederwild, stellt er Fallen, macht Feuer, plündert er Scheunen und Vorratskammern? - Ich wusste es damals nicht, der Gedanke an Hilfsdienste gegen Essen lag mir nicht fern, allerdings waren Hilfsdienste in einer vornehmlich dem Wein- und Obstanbau verschriebenen Gegend um diese Jahreszeit rar, ich musste einen Milch- oder Schafbauern finden, dem ich bei der Viehwirtschaft zur Hand gehen konnte, bis die Zeit reif war, ganz auf mich allein gestellt durchs Land zu streichen. Die Aussicht, Vorratskammern zu plündern machte mir wenig Sinn, was hätte ich mit mir noch herumtragen sollen, die relevante Menge an Eiern, Speck, Wurst, Käse und Brot konnte ich mir zusammenschnorren, ohne die unliebsame Bekanntschaft mit einem möglicherweise schlecht gelaunten Hofhund machen zu müssen, schlimmstenfalls auch noch von dem wenigen Geld, was ich noch mitführte, bezahlen. Ich zog also mit meinem Tornister geradewegs ostwärts weiter, vergewisserte mich auf der Wanderkarte der Orte, denen ich ansichtig werden musste, um auf dieser Route zu bleiben.

Was trinkt ein Landstreicher? Schnaps, Fusel, ekligen, so die gängige Meinung, schlammiges, brackiges Wasser aus Pfützen oder Regentonnen, bevor er am Verdursten ist, Bier vielleicht, wenn er einen Trottel findet, der ihm eins gibt. Nun hatte ich einige Liter Wasservorräte, die Frage stellte sich für mich nicht so schnell, die Flaschen waren nachzufüllen, auch von einem Weinbauern, und gegen einen Schluck Wein hatte ich im übrigen nichts. Die Vorstellung, ein Landstreicher müsse in ständiger Betrunkenheit auf Straßen und Bahnhofsvorplätzen herumtorkeln, ging mir entschieden gegen den Strich, der Alkohol schärft nicht das Bewusstsein des Landstreichers, sondern vernebelt es; um hinter dem Nebel auf die kathartische, transzendierende Wirkung des Alkohols zu gelangen, müsste man sich ihm ausliefern, voll und ganz, über viele Jahre hinweg; dies kann nicht die Aufgabe des Landstreichers sein.

In den ersten Tagen und Wochen bemühte ich mich konsequent um Anpassung an die Natur, trotzte Wind und Wetter und stählte meinen ohnehin kräftigen Körper durch Gewaltmärsche, wobei es nicht ausblieb, dass ich mich das eine oder andere Mal verlief, ich lernte, die länger werdenden Tage richtig einzuschätzen, mir rechtzeitig einen geschützten Schlafplatz zu suchen, überhaupt ein Zeitgefühl zu entwickeln, gelegentlich schien die Sonne und mal regnete es, die Bauern, bei denen ich um etwas Essbares vorsprach, waren gnädig, nirgends wurde ich abgewiesen, man sah mir den Landstreicher - noch - nicht an, hielt mich eher für eine Art Bettelmönch, auf dem Weg zu sich selber oder auf dem Weg zu Gleichgesinnten, die vielleicht irgendwo ihre Zelte aufgeschlagen haben mochten, in der Nähe oder auch weiter weg, aber die Leute fragten mich nicht aus, und ich erzählte nicht viel, verschlang das mir angebotene Essen und schulterte mein Bündel; ich hielt es nicht allzu lange aus unter Menschen.

Einmal begann es recht heftig zu regnen, die Abenddämmerung schritt fort, ich stolperte über ein abschüssiges Waldstück und gelangte in einen Hohlweg, wo ich zunächst durch den Regen nur schemenhaft einige, augenscheinlich verlassene, winzige Häuser gewahrte. Kurzum, ich befand mich in der Kellergasse eines Weinberges, nunmehr ähnlich tot wie ein Wintersportzentrum im Hochsommer, der Regen wurde stärker, und ich probierte der Reihe nach die Türklinken der Häuser, bald hatte ich eine unversperrte gefunden.

Die Tür zum eigentlichen Weinkeller war mit mehreren Vorhängeschlössern gesichert, er interessierte mich ohnehin nicht. Zu meiner Rechten fand ich ein kleines Separee, eine Art Verkostungsraum, mit einer Sitzgruppe und alten, gerahmten Fotografien an den Wänden. Es gab weder fließendes Wasser noch Strom, einige Weinflaschen standen herum, ich ließ sie stehen, schob die Sitzgarnitur zusammen und breitete auf dem Fußboden meinen Schlafsack aus. Es war noch nicht unbedingt die Zeit der Müdigkeit gekommen, doch dachte ich nicht an eine Fortsetzung des Weges bei jenem starken Regen, hier hatte ich es trocken, die Chancen, alsbald wieder verjagt zu werden, waren gering, ich rollte mich zusammen und döste.

Ich konnte noch nicht lange gedöst haben, ein Schnauben, gefolgt von einem Trippeln ließ mich aufhorchen, es war noch nicht ganz finster, und ich schaute in die ernsten braunen Augen eines zottigen Schäferhundmischlings. Er war mir keineswegs böse, weder knurrte noch bellte er, beschnupperte zuerst mich, dann mein Gepäck, ließ sich kraulen und legte sich zu mir, offenbar hatte er erkannt, dass ich keine unlauteren Absichten hatte. Trotzdem inspizierte ich ihn eine Weile, sofern dies bei dem schwachen Licht möglich war, denn wenn es ein Streuner war, musste ich ihn wieder loswerden, noch einen Esser bekam ich nicht satt, und ihn zur Jagd abzurichten, dafür fehlten mir die Kenntnisse. Immerhin, er war wohlgenährt, leidlich gepflegt und trug ein Halsband, vielleicht war er hier der Kellergassenwächter, quasi ein Saisonarbeiter, wenn keine Saison war, wenn kein Wein ausgeschenkt und verkauft wurde, vielleicht fühlte er sich auch lediglich wohl hier, und der Weinhauer sperrte die Tür seinetwegen nicht ab. Es regnete noch immer stark, ich erhob mich und schloss die Eingangstür, da der Hund immer noch nicht bellte, ging ich davon aus, dass sich keine Menschenseele in Rufweite befinden mochte; ich rollte mich wieder in dem Schlafsack zusammen.

Am nächsten Morgen schien die Sonne, eine warme, kräftige Frühlingssonne ließ den Regen der vergangenen Nacht regelrecht verdampfen; die Tür zu meinem nächtlichen Unterstand war wieder offen, der Hund verschwunden, ich bog meine Glieder zurecht und erhob mich; ich hatte tief und fest geschlafen. Langsam zog ich die Tür hinter mir zu, sah mich in der Gegend um und schlug dann die nächstbeste Richtung ein, zum anderen Ende der verlassenen Kellergasse, die, gesäumt von Dickicht, Gestrüpp einerseits und von einem bewaldeten Hügel andererseits gar nicht so leicht wiederzufinden war, falls ich dazu irgendwann einmal Lust verspüren sollte.

In nicht allzu großer Entfernung gewahrte ich einen dicken Mann unbestimmbaren Alters. Er stand etwas verloren in der Wiese und blickte, auf eine Harke gestützt, in die andere Richtung oder auch ins Leere. Seine Kleidung wirkte zerschlissen, über löchrigen Schuhen ringelte sich eine verbeulte helle Kordhose, die, von Hosenträgern über einem mächtigen Tonnenbauch gehalten, gerade einmal zur Hälfte seine Waden bedeckte und den Blick freigab auf schwarzgeädertes, nacktes Fleisch, - Socken trug er keine - schrundig, verschrammt, mit ungesunder, bläulicher Grundierung. Er war groß, um einiges größer als ich, ein wirrer, weißlicher Haarschopf hing in Strähnen in ein aufgedunsenes, feistes, verquollenes Gesicht, übersät mit Runzeln und Bartstoppeln, triefende, blutunterlaufene Augen musterten mich mit stierem Blick, im Oberkiefer fehlten sämtliche Schneidezähne, nur mächtige Eckzähne bleckte raubtierhaft in der Sonne, während im Unterkiefer lediglich ein mickriger, verkümmerter Schneidezahn sein Dasein fristete, unsinnig, witzlos, weil ihm ein Gegenpol fehlte.

„Gut geschlafen?" fragte der Mann mit brummiger, hohler Stimme, doch mit einem nicht unfreundlichen Unterton; ich hielt inne. Der Mann war stark wie ein Ochse, ein mächtiger

Brustkorb wölbte sich unter einem undefinierbaren Kleidungsstück, welches in grauer Vorzeit einmal ein Hemd gewesen sein mochte und jetzt, von Knöpfen ledig, notdürftig unter der Hosenträgern zusammengerafft einen wahren Urwald von weißlichen Brust- und Bauchhaaren erkennen ließ, ich beschloss, freundlich zu dem Mann zu sein, er war mir an Körperkraft weit überlegen.

„Mir entgeht nichts hier", so sprach er weiter, „mir kann keiner was vormachen. Nicht hier, hörst du. Nein, hier nicht." Ich hatte Mühe, seinen Dialekt zu verstehen. Er war kein Landstreicher, sondern der hiesigen Gegend erdhaft verbunden, möglicherweise wusste er nicht, dass es noch andere Gegenden gab, und es interessierte ihn auch nicht.

„Die ganzen Häuser hier hab´ ich selber gebaut. Selber gebaut hab´ ich. Die ganzen Häuser hier, alle..." Jetzt verfiel er in eine eigenartige Litanei, ein selbstgefälliges Gemurmel.

„Rauchst du?" fragte er unvermittelt und hielt mir, ohne die Antwort abzuwarten, einen Tabaksbeutel hin.

„Brauchst du Papier? Oder hast du Pfeife?" Ja, ich brauchte Papier, denn ich hatte keine Pfeife, ohnehin hatte ich ein den letzten Wochen mit dem Tabakrauchen aufgehört, um mit jenem sinnlosen, entbehrlichen Laster mein ohnehin knappes Landstreicher-Budget nicht noch schmälern zu müssen, allein, ich wagte diesem Mann nicht zu widersprechen, das Einzige, was ich ihm entgegenzusetzen hatte, war die Schnelligkeit meines jungen, unverbrauchten Körpers, vor ihm davonzurennen war sozusagen die ultima ratio, wobei ich wiederum nicht wissen konnte, ob ich ihm nicht in absehbarer Zeit erneut begegnete, ohne Fluchtmöglichkeit, und er mich so lange zum Rauchschlucken zwingen konnte, bis ich kläglich daran erstickte. - Das Handwerk des Zigarettendrehens beherrschte ich leidlich, ich hatte bei der Schwester bereits unzählige Joints gedreht, folgsam drehte ich mir also einen Glimmstengel und setzte ihn in Brand, atmete holzig-herben, streng riechenden Tabakrauch ein, bis mir schummrig wurde; der Alte beobachtete mich genau, erst leidenschaftslos, dann mit merkbar schiefem Grinsen, schlurfte dann bedächtig zu einem Baum, an dessen unterster Astgabelung ein verwittertes Kleidungsstück hing, ausgebleicht, ausgefranst, von nicht mehr bestimmbarer Farbe, dabei lange nicht

74

ausgedient, immer noch strapazierfähig, Wind und Wetter trotzend, genau wie sein Träger.

Er hielt mir eine zerkratze, schwarze Pfeife mit relativ neuem Mundstück hin. „Schenk´ ich dir", sagte er brummig. „Pfeife rauch´ ich nicht gerne. Kann sie doch nicht im Mund halten." Er hatte recht, mit seinem lückenhaften Gebiss mochte er mit der Pfeife keine Freude haben, ich nahm sie dankbar.
„Und jetzt verschwind´! Schau, dass du Land gewinnst! Verroll´ dich, Strawanzer!" Ich starrte ihn ungläubig an, seine plötzliche, eruptive Schimpftirade zeugte von aufkeimender Bösartigkeit, von einer Sekunde auf die andere wurde er zum zänkischen alten Mann, seine eben noch trüben Augen funkelten mich tückisch und furchterregend an; ich trollte mich folgsam, der Kerl wurde mir suspekt, einen Moment lang überlegte ich, ob ich ihm seine alte Tabakspfeife an den Kopf werfen sollte, irgend etwas hielt mich zurück, der Mensch war aggressiv und unberechenbar, möglicherweise hatte er in irgendeinem Gebüsch einen Schießprügel versteckt, mit dem er mir dann rücksichtslos hinterher ballerte; ein kurzes, schmerzhaftes, unrühmliches Ende meiner Landstreicher-karriere, wenn er mich denn treffen würde.
Bald war der Grobian meinem Gesichtsfeld entschwunden, bald darauf auch aus meinem Gedächtnis, nur dann und wann, wenn ich in meinen Sachen auf den albernen Globen stieß, kam mir der Kerl wieder in den Sinn, ich rauchte monatelang nicht aus der Pfeife, behielt sie aber, ohne zu wissen, warum.

Die nächsten Wochen und Monate waren von einer frühen Schönwetterperiode geprägt, ich genoss mein Landstreicher-Dasein in vollen Zügen, lange hatte ich darauf gewartet, euphorisiert zog ich über Wiesen und Wälder, die schleichende, aber unaufhaltsam fortschreitende Verwahrlosung ergriff von mir Besitz. Zwar fiel es mir nicht schwer, Klopapier oder Zeitungen zu ergattern, mich notdürftig in einem Bach oder einem Tümpel zu waschen, doch unterließ ich es bald, mein Haupthaar zu pflegen und zu stutzen und meinen Bart zu schneiden, dann und wann fuhr ich mit meiner - bereits etwas abgestumpften - Schere in das Dickicht, es schmerzte, zeigte kaum Wirkung, ich ließ es bald sein.

Auch begann ich, mich vermehrt von Beeren und Wiesen-kräutern zu ernähren, ich nahm die magische Erde in mich auf, automatisch erkannte ich, was genießbar war und was nicht, ich fing an, die Sprache der Pflanzen zu verstehen, in Gerüchen und Farben teilten sie mir mit, was gestern war und was morgen sein wird; mein Stoffwechsel stellte sich langsam um, ich vertrug den fetten Speck der Bauern nicht mehr so gut. Über all der Euphorie aber schwebte etwas eigentümlich Endgültiges, nun war ich LANDSTREICHER, mehr konnte nicht erreicht werden, also galt es, das Erreichte auch zu sichern, nämlich LANDSTREICHER zu bleiben; mein Radius wurde kleiner, anstatt größer, manche Waldlichtungen suchte ich immer häufiger auf und verdöste dort die Nachmittage, ich wusste nicht, warum, ich wusste nicht, ob es meiner Entwicklung förderlich war oder sie stagnieren ließ.
In jene Zeit fiel auch ein merkwürdiges Erlebnis, keine große Sache zwar, aber doch der Erwähnung wert.

Hinter einem Hügel versteckt gewahrte ich ein einzeln stehendes, größeres Gehöft, verwahrlost, schlecht gehalten, schmutzig, doch offenbar bewohnt. Der struppige Hofhund begrüßte mich eher freundlich, ein kurzes Knurren und Zähneblecken ging alsbald in gutmütiges Schwanzwedeln über, ich kraulte ihn kurz - wir waren beide schmutzig - und ging in die Bauernstube, um mir etwas Essbares zu erbetteln.
Es war irgendwann am Vormittag, mein Zeitgefühl bedurfte schon lange nicht mehr der Einteilung in Stunden und Minuten, längst hatte ich aufgehört, auf das Läuten der Kirchturmglocken zu achten; es war die Zeit, die es eben war, Gegenwart, nichts zählte sonst. - In der Stube saß nur eine dicke Frau mit strähnigem Blondhaar, sie trank aus einem großen Krug Weißwein und rauchte stinkende Zigaretten. Aus grünlichen Augen sah sie mich leidenschaftslos an, fragte schließlich mit tonloser Stimme, wer ich denn überhaupt sei. -
„Ein hungriger Wandersmann", entgegnete ich krächzend, auch meine Artikulation hatte gelitten in der letzten Zeit, außer mit mir selber redete ich mit kaum jemand, Selbstgespräche bedurften keiner deutlichen Aussprache.

„Zu essen willst du", stellte sie fast heiter fest, „da ist die Speisekammer!" Sie deutete mit der Hand, in der sie die Zigarette hielt, auf die Zimmertür, hinaus also, auf dem Gang. „Setz´ dich her zu mir. Iss´ dich erst mal satt." Ihre Stimme bekam etwas Klang, ihre zusammengesunkene Gestalt straffte sich ein wenig. Ich holte Essbares aus einer prall gefüllten Vorratskammer, machte Feuer im Herd und beschloss, die Bäuerin ernst zu nehmen, mich satt zu essen, ich konnte nie wissen, wann ich wieder etwas bekam, es war sinnlos, tagsüber Vorräte mitzuführen, die Tage waren bereits zu warm, allenfalls gegen Abend versuchte ich, etwas Milch und Brot abzustauben, es gelang mir meistens, denn ich war bescheiden, hier allerdings konnte ich aus dem Vollen schöpfen. Gewiss, vieles war nicht mehr ganz frisch, der Ofen verschmiert und die Messer schartig, hier fehlte eine ordnende Hand, der Hof verkam.

Später, während des Essens, erhob sie sich ächzend und goss mir einen Becher Wein ein, er schmeckte warm und sauer, ich musste rülpsen. - „Magst du nicht dableiben?" fragte sie, als ich bereits mit dem Essen fertig war und im Grunde genommen bald wieder verschwinden wollte. „Ich bin allein. Ein paar Helfer, gut. Der Mann ist weg. Hatte einen Unfall, vor einem Jahr. Kann nichts mehr arbeiten, vorbei. Seine Eltern auch weg. Versorgen ihn, pflegen ihn. Im nächsten Ort. Hier kannst du niemanden pflegen. Zu weit weg, zu abseits. Du bist jung und kräftig, das seh´ ich wohl. Rennst wohl vor wem weg. Ist mir auch egal. Du könntest mir schon helfen hier. Gibt viel Arbeit..." Ich überlegte kurz. Was hatte ich letztlich zu verlieren, außer meiner Unschuld; in der Tat hatte ich bislang noch mit keiner Frau geschlafen, doch hatte ich kein Keuschheitsgelübde abgelegt, inzwischen sah man mir den werdenden Landstreicher an, die Frau musste wissen, auf was sie sich da einließ. Allerdings war sie zehn, wenn nicht fünfzehn Jahre älter als ich, von ungesunder Fettleibigkeit, nicht die dralle Rubensfigur meiner Schwester, sondern saft- und kraftloses, schwabbelndes Fett, vorzeitig verwelkt, mitgenommen von Sorge und Trauer, mochte sie ihren verunfallten Mann geliebt haben?
„Hast du keine Kinder, die dir helfen können?" Sie grunzte

nur. „Zwei Mädchen. Fünfzehn und zwölf. Auch weg." Jetzt wurde ihre Stimme bitter, fast anklagend. „Ich bin doch an allem schuld hier! Am Unfall, daran, dass wir nicht rechtzeitig verkauft haben und weg sind - doch was erzähle ich dir. Der Hof gehört mir, mit Grund und allem. Das kann ich dir schriftlich geben. Mehr braucht dich nicht zu interessieren." Hastig schüttete sie Wein in sich hinein und zündete sich eine Zigarette an. Wortlos ging ich hinaus, sie sagte nichts, brütete dumpf vor sich hin und rauchte.

Draußen sah ich drei oder vier Knechte plan- und ziellos herumirren, zahnlose, hohläugige, zerlumpte alte Männer, die sich in einer merkwürdigen Sprache anbrüllten, - ich sah, hier war ein Stoßtrupp von fünf bis acht beherzt zupackenden Männern vonnöten, um in einigen Tagen auch nur halbwegs Ordnung schaffen zu können, und auch dann müssten sie rund um die Uhr arbeiten. Ich hatte keinerlei Ahnung von Landwirtschaft, konnte allenfalls auf Grund meiner bürgerlichen Erziehung den hier vorherrschenden Grad von Unordnung und Verwahrlosung ermessen, das war nichts für mich, allenfalls für einen Landstreicher im Rentenalter, der das Umherziehen gesundheitlich nicht mehr verkraftet, aber noch stark genug ist, sich hier nützlich zu machen; ich ging wieder in die Stube, um mich von der Frau zu verabschieden.
Sie hatte mittlerweile den großen Weinkrug nahezu ausgetrunken, wirkte berauscht und fahrig.

„Du gehst", sagte sie mit schleppender Stimme. „Klar, dass du gehst. Komm´ noch mal her!" Sie drückte mir Geldscheine in die Hand, ich erkannte erst später, wieviel. „Kauf´ dir was Schönes anzuziehen, Froschkönig. Und dann komm´ wieder, versprich´ mir das." Ich nahm das Geld und verschwand, nicht im Traum daran denkend, jenes alberne Versprechen jemals einlösen zu müssen.
Die Bäuerin hatte recht, zumindest in einem nicht unwesentlichen Punkt: das ehedem stattliche Gehöft lag völlig abseits, vereinzelt, nur über einen schmalen Feldweg erreichbar, der sich überdies wenige hundert Meter vor einer Biegung mit einem anderen staubigen Feldweg kreuzte, das Hauptgebäude lag genau hinter der Biegung und war von der

Kreuzung aus nicht zu sehen, - ich selber war überrascht gewesen, hier ein Haus zu finden - auch vom nächsten Feldweg, den ich nun gemächlich entlang schlenderte, konnte man den Hof allenfalls erahnen; gewiss, man kannte einander in jener Gegend, man half einander, wo man sich eben helfen lassen konnte oder wollte; die Frau wollte offenbar nicht.

Ich zog weiter meine konzentrischen Landstreicher-Kreise, vergaß die merkwürdige Begebenheit bald wieder, kaufte mir von dem Geld in einer kleinen Ortschaft Proviant in Form von Konserven, Getränke, Kerzen, Zündhölzer, alle möglichen Utensilien, die das Landstreicher-Leben angenehmer machen konnten, allerdings keine Kleidung; um den verwahrlosten Hof machte ich einen weiten Bogen.

Zweimal insgesamt passierte mir etwas, was einem Landstreicher passieren kann, ohne dass er die Möglichkeit hat, sich dagegen zu wehren: ich wurde überfallen.

Beim ersten Mal war ich selber schuld. Allzu sorglos hatte ich es mir auf einem Hügel bequem gemacht, einen Nachmittag verdöst, etwas gegessen und getrunken, als vier oder fünf Glatzköpfe auftauchte, - auch ein Mädchen war dabei - mich wortlos umzingelten und mit dumpfer Brutalität auf mich einschlugen, dort, wo es schmerzhaft war und keine Chance auf Bewusstlosigkeit winkte; ich kam nicht zur Gegenwehr, wenn ich einen Schlag von vorn abwehrte, schlug mich ein anderer von hinten, unter rasenden Schmerzen ging ich in die Knie und dann zu Boden, ich übergab mich, bekam noch einige wüste Tritte, dann hörte ich eine Stimme, eine helle Knabenstimme, die einem schmächtigen Burschen gehörte, der soeben auf meine Peiniger zuging: „Hört ihr auf, ihr Wahnsinnigen! Was macht ihr euch an so jemand die Finger schmutzig? Wollt ihr euch auf eine Stufe stellen mit dem da? Habt ihr nachgeschaut, ob er Jude ist? Dann könnt ihr ihn eliminieren, aber doch nicht mit bloßen Händen! Senta, schau nach, ob er Jude ist! Wenn ja, knüpft ihn meinethalben auf!"
Die Glatzköpfe verzogen sich murrend, ob Senta wirklich nachschaute, kann ich heute nicht mehr mit Bestimmtheit sagen, die Schmerzen trübten bereits mein Bewusstsein; wenn auch durchaus jüdisches Blut in meinen Adern fließt, bin ich nicht beschnitten, dieser Umstand dürfte mir damals das

79

Leben gerettet haben.

Sie waren raffiniert gewesen, die Rabauken, ohne Zweifel hatte sie mich schon länger im Visier gehabt, doch bis gegen Abend gewartet, ich konnte mich kaum bewegen, bis ich Hilfe fand, war es finster und in der Finsternis hilft niemand einem verletzten Landstreicher. Von meiner Habe hatten sie mir nichts genommen, an meiner Kleidung fehlte kein Knopf, auch meine Essensvorräte blieben unangetastet - was mich eher verwunderte, sie hätten mich nicht nur Schmerzen, sondern auch Hunger erleiden lassen können, wenn sie sie vernichtet oder entwendet hätten.

Die Dämmerung schritt fort, ich konnte mich noch immer nicht bewegen. Manche Schmerzen wurden schwächer, andere stärker, die Benommenheit wich zusehends, während das Dröhnen im Kopf und das Brennen und Reißen im Leib sich verschlimmerte. Mehrmals versuchte ich, mich an einem Baum hochzuhangeln, es gelang mir nicht; auf allen Vieren kriechend fand ich einen Holzprügel, auf den ich mich stützen wollte, vergeblich, knackend brach er entzwei. Dann tat ich etwas, was ich sonst nicht tat, ich zog die mit Wein befüllte Wasserflasche aus meinem Gepäck, die mir einst ein Weinhauer aufgenötigt hatte, mit dem Hinweis, dies sei Medizin, Medizin für alle Fälle, nun war so ein Fall.
Ich versuchte zu trinken, erst langsam, dann etwas schneller, es gelang. Der Wein war sauer und brühwarm, unter normalen Umständen ungenießbar, aber hier lag nun einmal kein normaler Umstand vor. Es galt nur, möglichst schnell berauscht zu werden und das Zeug in meinem malträtierten Magen zu behalten, ich durfte nicht zu schnell trinken, aber auch nicht zu langsam. Zunächst dröhnte der Kopf noch mehr vom ungewohnten Alkohol, dann legte sich der Schleier beginnender Betrunkenheit darüber, auch der Magen beruhigte sich etwas, die übrigen Schmerzen nahm ich nur noch benommen wahr; ich schaffte es, kam auf die Füße und versuchte, ein paar Schritte zu machen, zuerst zögerlich, dann durch den Wein immer mutiger, mit zäher Beharrlichkeit schulterte ich mein Bündel und wankte stöhnend vorwärts, in irgendeine Richtung; wenn mich die Kräfte zu verlassen drohten, nahm ich erneut einen Schluck, bis die Flasche gut

zur Hälfte geleert war, den Rest musste ich mir einteilen, denn ich stolperte ins Ungewisse.

Wie weit ich gekommen war, ließ sich später nicht mehr eruieren, ob ich überhaupt irgendwo hinkam in jener Nacht, weiß ich nicht mehr, in Erinnerung blieb mir ein merkwürdig schlierig-milchiger Sternenhimmel, - eben war er noch klar - der sanft, aber stetig hinabsank, dann ein plötzlicher, rasender Schmerz in den Eingeweiden, Panik durchzuckte mich, - war es das Ende? - ich konnte nicht einmal mehr nach der Flasche greifen, ich zitterte im flatternden Rhythmus einer Herzattacke, fiel zu Boden, auf eine nächtliche Wiese, wie in einem zeitlupenhaften, grotesken Bewegungsablauf, nicht mehr beeinflussbar, der finale Totentanz des frischgebackenen Landstreichers, dem die Hiebe und Tritte einer Handvoll irregeleiteter, kahlgeschorener Jugendlicher allzu über mitgespielt hatten; ich schiss und brunzte in die Hose, es war mir egal.

Das erste, was ich sah, war eine gleißend helle Neonröhre, die mich mit ihrem ungesunden Licht angrinste, ja, regelrecht auszulachen schien, schau, da hast du´s, Landstreicher, weit bist du gerade nicht gekommen. Ich hing an allen möglichen Apparaten, konnte mich nicht bewegen, hörte schnaufende, rasselnde Atemgeräusche, markiert von einem sirrenden, nicht allzu lauten Pfeifton, eine eigenartig sterile Geräuschkulisse, ich konnte nicht unterscheiden, welche Klänge ich hörte, und welche ich mir einbildete zu hören, ob es nun in meinem Kopf pfiff oder ob es die schreckliche Lampe war; ich versuchte zu sprechen, ich wusste nicht, was, ich hatte nichts und niemandem etwas zu sagen, zumindest nicht hier. Ich hatte keine Ahnung, wieviel Zeit vergangen sein mochte, meine Zeitwahrnehmung war in den letzten Monaten eine andere gewesen, eine andere Dimension, die mir nun entglitten war, umsonst war die bisherige Zeit als LANDSTREICHER gewesen, teils leicht, teils schwer zurück zu erlangen, möglicherweise in einigen Elementen unwiederbringlich verloren.

„Scheißdreck", sagte ich halblaut, weil dieses Wort meiner Gemütsverfassung am ehesten entsprach, es klang hohl und dumpf, ich wiederholte das Wort lauter, noch einmal lauter, dann schrie ich, schimpfte und fluchte, es brachte nichts, es strengte mich an und ermüdete, ich gab es bald auf.

Ein älterer, bärtiger Mann mit mildem, abgeklärtem Gesichtsausdruck beugte sich über mich.

„Wer sind Sie?" fragte er freundlich. Nun musste ich Zeit gewinnen, ich konnte nicht wissen, ob die Eltern eine Abgängigkeitsanzeige getätigt hatten, - das musste nicht sein - ich hatte keine Ahnung, ob ich bereits wegen Wehrhinterziehung zur Fahndung ausgeschrieben war, ich hatte schlussendlich keine Ahnung, wie lange ich schon unterwegs gewesen war, wer mich gefunden hatte, in jenes entsetzliche Krankenhaus gebracht hatte, was mir überhaupt fehlte; denn einfach schien mein Fall nicht zu sein. Ich wusste nur, dass ich diesem Manne meine Identität nicht preisgeben würde, ich musste mir also einen Namen und eine Adresse vergegenwärtigen, die es gab, die nachvollziehbar war, auf dass der Mann Ruhe gab und nicht auf die Idee kam, irgend jemand aus meiner Verwandtschaft informieren zu wollen, dass ich eben hier lag, im Spital; aus eigener Kraft konnte ich mich bislang nicht rühren, nicht aus dem Staub machen, wie lange der Zustand der Hilflosigkeit vorhalten würde, konnte ich nicht absehen.

Arno Schmal fiel mir ein, Arno Michael Schmal, der ruhige, stille Junge, der eine Zeitlang die Schulbank mit mir gedrückt hatte, bis es seinen Eltern gestattet wurde, ihn selber zu unterrichten. Es waren gebildete, hochanständige Leute, allerdings erzkatholisch bis zur Bigotterie, von schwer verständlicher Weltfremdheit, radikal misstrauisch gegenüber jeglichen Zeitströmen, von rührender Unbeholfenheit in Dingen des täglichen Lebens. Ich wusste dies alles noch sehr genau, denn ich ging eine Zeitlang bei ihnen ein und aus, der gescheite Arno übte mit mir Mathematik, ich brauchte meinen Gnadenvierer im Zeugnis.

Um mich in jenen Haushalt wieder hineinversetzen zu können, mimte ich bei dem Arzt eine Ohnmacht, eine Art Absence, ließ den Kopf mit einem kurzen Seufzer zur Seite fallen und bewegte die Lippen wie in einem Stoßgebet, dann und wann einen undefinierbaren Laut ausstoßend; der Mann würde seine Frage schon wiederholen, wenn er denn wirklich an einer Antwort interessiert war.

Arnos Vater fiel mir ein, der groß gewachsene Philosoph mit dem grauen Vollbart, dessen größte Sorge die Verkümmerung des Individuums war, er sah das größte Übel der Menschheit nicht in der Lüge oder im Ungehorsam, sondern in der zunehmenden Vergläserung des Menschen, die allseitige Erfassbarkeit von Daten, Gewohnheiten und schließlich auch Unarten, die solcherart nicht etwa eliminiert wurden, sondern zur Erpressbarkeit des Individuums führten; den guten Mann plagten wahrlich abstruse Vorstellungen. Allerdings zog er eine allzu plakative Schlussfolgerung, dass nämlich der Kommunismus, die gottlose Weltanschauung schlechthin an allem schuld sei, also auch an jener zunehmenden Vergläserung. - Die Mutter wiederum, eine warmherzige Frau, sah den Teufel schlichtweg in der Zeit. Menschen in zeitliche Abfolgen zwingen zu müssen, sei einfach widernatürlich, sie müssten mitnichten von dann bis dann irgend etwas erreicht haben, gelernt haben, verstanden haben, man dürfe sich keinesfalls dem Diktat der Zeit unterwerfen; und sie tat es auch nicht, ihre Haushaltsführung war chaotisch.

Und noch ein Detail fiel mir ein, Arno Schmal, der vergessen geglaubte Mitschüler, war um ganze zwei Tage jünger als ich, eine merkwürdige Koinzidenz in der Tat, wenn wir auch unterschiedlicher nicht sein konnten, schon vom äußeren Erscheinungsbild, er, nomen est omen, für sein Alter ungewöhnlich groß und eben schmal, ich eher klein, wenn schon nicht eigentlich dick, aber kräftig, untersetzt, von Natur aus breit gebaut, noch eklatanter die diametral entgegengesetzten Wesenszüge: hier der fleißige Streber, getrieben von Wissensdurst und Gerechtigkeitssinn, tief religiös, von Demut und Bescheidenheit, dort der in sich gekehrte Grübler, an Schulnoten nur in sofern interessiert, um die Schule möglichst bald hinter sich zu bringen, mit dem Traumberuf LANDSTREICHER, für dieses Ziel alles andere hintanstellend, von verborgener, zäher Zielstrebigkeit, dabei verschlossen und misstrauisch; schließlich band ich meine Berufung niemandem auf die Nase.

Nun beschloss ich also, ich war ARNO SCHMAL. Hatte ich mich vorher nur schlafend gestellt, gleichsam weggetreten, geschwächt von jenem heimtückischen Überfall, so entschwebte ich nun wirklich, die vorzuschiebende bürgerliche Identität gab mir Sicherheit, ich fand mich auf einer sanft wogenden, grünen Wiese, gesäumt von Hecken, Buschwerk, etwas Wald, ich stieg ein in die Bilderwelt wie ein schwerelos schwebender Vogel, an den äußeren Rändern des Blickfeldes schimmerten teils silbrige, teils rötliche Ornamente, ich hob und senkte mich im ruhigen Rhythmus allumfassender Liebe, Kraft durchströmte meine Adern, irgendwo, eher klein im Raum saß der Arzt, kein Halbgott in Weiß, sondern eine mickrige, unwichtige Figur, zu nichts anderem nütze, als auf den Arm genommen zu werden.

„Ich heiße Schmal", hörte ich mich sagen, „Arno Michael Schmal. Mein Zuhause ist die freie Natur." Der Arzt erhob sich und verschwand aus meinem Blickfeld, ich vermisste ihn nicht. Die ruhige, grüne Wiese entglitt mir, ich sah wieder die weiße Wand des Krankensaales. Erst jetzt fiel mir auf, dass noch andere Kranke in dem Saal waren, ruhig schlafende, in ihr Schicksal ergebene Gestalten, sie atmeten schwer, aber gleichmäßig.

„Du hast Glück gehabt, Arno Schmal", der Arzt hatte sich stirnrunzelnd über mich gebeugt, fiel dabei in das vertrauliche Du-Wort, eher abwertend, du lästiger LANDSTREICHER, jetzt müssen wir dich auch noch zusammenflicken. „Oder wer immer du bist." Offenbar glaubte er mir den Arno Schmal nicht, es war mir egal. Ich hatte beschlossen, ich war Arno Schmal, kein Doktor der Welt würde mir das für die Dauer dieses Krankenhausaufenthaltes ausreden können. - „Verdammtes Glück!" Jetzt sinnierte er halblaut vor sich hin. „Du warst schon fast drüben. Überm Jordan. Wir Ärzte können ja auch erst tätig werden, wenn der Schutzengel schon unterwegs ist. - Und jetzt ruh´ dich aus. Du bekommst noch was gegen die Schmerzen. Später." Verwundert schaute ich auf, ich hatte keine Schmerzen, nur das Gefühl, unterhalb des Bauchnabels in einem Betongerüst zu stecken, ich war festgeschnallt und hing am Tropf, bekam schlecht Luft und hatte eine geschwollene, pelzige Zunge.

Irgendwann später kamen sie, ich konnte bereits selbständig essen und trinken, das Betongerüst, mein kunstvoll einbandagierter Leib, hatte sich gelockert, auf der Toilette benötigte ich noch Hilfestellung, das dumpfe Zerren war stärker geworden, meine Stimmung hatte sich verdüstert, die sanfte, grüne Wiese entrückte ins Plakative, Farblose, dann und wann machte sie einem riesigen Floß Platz, das auf einem ungeheuer breiten Fluss träge dahindümpelte, zerlumpte Gestalten beiderlei Geschlechts bevölkerten die merkwürdige Fähre, einem versprengten Kriegsregiment gleich, amputiert, krank, stinkend, am Ende, denn die Fahrt ging nirgendwo hin. - Ein anderes Mal war ich in einem Bahnhof, wobei Bahnhof eine nicht ganz zutreffende Bezeichnung ist, gewiss, es fuhren Züge ein und aus, auf Geleisen, es gab Schaffner, Signale, Reisende, auch Buffets und Geschäfte, allein, die Dimension war eine andere, die Bahnhofshalle war die Welt und die Welt eine Bahnhofshalle, während sie nach oben hin auf den Perrons endete, erstreckte sie sich über mehrere Stockwerke in die Tiefe, wo sich Obdachlose eingenistet hatten, lauter ehemalige LANDSTREICHER am Ende ihrer Laufbahn, schemenhafte Gestalten, dem Trunk verfallen oder dem Rauschgift, dämmerten sie hier einer Art Unsterblichkeit entgegen; es gab dort in der Tat kein Toten, allerdings auch keine Geburten, denn wer hätte hier zeugen oder gebären wollen?
Es waren zwei Kriminalpolizisten, der eine groß, kräftig, durchtrainiert, ein Bilderbuchpolizist mit kalten Augen und mächtigem Schnauzbart, der andere älter, faltig und mickrig, mit dichtem, grauem Haarschopf und grunzender, versoffener Stimme; was mochten sie wollen von mir, Ärzte und Pflegepersonal redeten mich bereits mit HERR SCHMAL an, die Schlägerei war im nachhinein kaum noch zu erheben, ein Raubüberfall war das Ganze nicht gewesen, da mir nichts entwendet worden war, weder das wenige Geld noch der - mittlerweile unbrauchbare - Proviant, meiner Personalpapiere hatte ich mich längst entledigt, ich hatte nicht vorgehabt, eine Grenze zu überschreiten, jedenfalls keine Landesgrenze.

Die Polizisten kamen sogleich zur Sache, Herr Schmal, also

ich, hätte gegen das Meldegesetz verstoßen, indem er sich aus der elterlichen Wohnung in der Hauptstadt nicht ordnungsgemäß abgemeldet hätte, das gleiche gelte übrigens auch für Vater und Mutter, die sich ebenfalls in dem Hause nicht mehr aufhielten, sie hätten es offenbar irgendeiner Sekte zur Nutzung überlassen, einer dubiosen Sekte, denn Sekten seien immer dubios. So schlecht es mir auch ging, nun musste ich trotzdem laut lachen. Der Sachverhalt mochte stimmen, der nahezu manische Hass der Familie Schmal auf Ämter und Behörden war verbürgt, dass sie von sich aus keine Meldung an eine Behörde machten, konnte ich nachvollziehen, und auch die - wahrscheinlich unentgeltliche - Nutzung des Anwesens durch eine „Sekte" beeindruckte mich nicht weiter; belustigt fragte ich die Herren, ob sie im Ernst irgendeine Antwort auf diesen Blödsinn erwarteten, ich bestritt ja nicht, auf Wanderschaft zu sein und dies seit geraumer Zeit. Meine Eltern hätten mich schließlich als vermisst oder abgängig melden können, und wenn sie dies unterlassen hätten, sei das nicht mein Problem. Im übrigen hatte ich keine Lust, das Gespräch fortzusetzen, auch ein höchst durchschnittlicher Polizist kennt Mittel und Wege, jemanden aufs Glatteis zu führen, der sich hinter einer falschen Identität versteckt, innerhalb weniger Minuten einer scheinbar unverfänglichen Plauderei wären sie mir auf die Schliche gekommen. Merkwürdigerweise kam mir nun der Arzt zu Hilfe, eben dieser, der meine Angaben zur Person die ganze Zeit über angezweifelt hatte, nicht ganz zu Unrecht; er sagte wiederum, Herr Schmal, also ich, bestreite ja gar nicht, die elterliche Behausung ohne polizeiliche Abmeldung verlassen zu haben, die angegebenen Daten träfen auf eben jenen Schmal zu, der sich dort erwiesenermassen nicht mehr aufhalte, man habe es hier offenbar mit einem Aussteiger zu tun, einem NICHTSESSHAFTEN, auch die Eltern seien ja, wie wir soeben erfahren hatten, nunmehr unbestimmten Aufenthaltes, überdies sei SCHMAL ein häufiger Name von SINTI und ROMA, Volksgruppen also, die sich nicht durch übertriebene Sesshaftigkeit auszeichneten, fahrendes Volk eben, UNSTET, wie man gemeinhin sagt, - die Bezeichnung LANDSTREICHER vermied er - indes schienen seine Ausführungen bei den Polizisten auf wenig Interesse zu stoßen, der ältere, der bislang geschwiegen hatte, räusperte sich vernehmlich und zündete sich eine Zigarette an, die Erlaubnis schien er vorauszusetzen, denn der Arzt rauchte auch.

„Mag sein", hub er mit seinem krächzenden Stimmorgan an, „ dass der hier anwesende Patient, der vorgibt, SCHMAL zu heißen, wirklich jener Herr Schmal ist, der sich vor geraumer Zeit aus der elterlichen Wohnung entfernt hat, ohne sich polizeilich abzumelden. Mag sein, dass uns das gar nicht interessiert. Fakt ist, dass der hier anwesende Patient vor einigen Wochen mit schweren Verletzungen hier eingeliefert wurde. Ein diesbezüglicher Journalbericht der Klinik liegt uns vor. Der Verletzte, der bei der Notaufnahme keinerlei Papiere mit sich führte, kaum Bargeld, einen Rucksack mit Bekleidung und Nahrungsproviant, ausreichend für wenige Tage, war tagelang nicht ansprechbar und konnte sich später an kaum noch etwas erinnern. Im Klinikbericht steht weiters, dass die Art der Verletzungen auf stumpfe Gewaltanwendung, also Hiebe, Tritte, Schläge schließen lassen. Mit einem Wort: unser lieber Herr Schmal ist mächtig verprügelt worden. Und hier müssen wir uns fragen: warum ist er denn wohl so schlimm verprügelt worden? Hat er sich etwa beim Stehlen erwischen lassen? Und da fängt unsere Aufgabe an. Wenn er etwas angestellt hat, so können wir, müssen wir ihn einsperren. Er hat ja keinen festen Wohnsitz. Dann würden seine Angaben überprüft, während er im Gefängnishospital weiterbehandelt wird, im Rahmen des Erforderlichen. Nur brauche ich dazu eine Anzeige oder ein Geständnis. Eine Anzeige liegt nicht vor. Der Mann, der ihn mitten in der Nacht herbrachte, sagte lediglich, den habe er reglos im Straßengraben gefunden. Er sagte nicht einmal, wo. Er sagte nicht einmal, wie er hieß und wo er zu erreichen war. Nur, dass er schnell wieder weg müsse."

Der Mann machte eine Pause, rauchte und starrte ausdruckslos ins Leere. „Wisst ihr", jetzt klang die Reibeisenstimme etwas verbindlicher, „ich bin nicht erst seit gestern Polizist. Und das ist ein Fall - der ist gar kein Fall. Man könnte natürlich einen Fall daraus machen. In die eine, oder auch in die andere Richtung. Bei so viel Unsicherheiten,

Unwägbarkeiten...es sei denn" , jetzt war ein scharfer, fast drohender Unterton spürbar, „unser junger Freund sagt uns jetzt, was nun wirklich passiert ist!" Plötzlich funkelte sein Auge ärgerlich in meine Richtung.

Ich hatte nun meinerseits nicht die geringste Lust, jenen tätlichen Überfall, dessen Opfer ich geworden war, bei der Polizei zu melden, unabhängig davon, dass mir ohnehin keiner glauben würde, zu ungenau wären meine Angaben gewesen, zumindest für polizeiliche Ermittlungen, Ortsnamen interessierten mich schon länger nicht mehr, Uhrzeiten und Entfernungen ebenfalls nicht, es war mir auch egal, wo sich nun das Krankenhaus befand, in dem ich hier meiner Genesung harrte; auch spürte ich keine Neigung, meine Peiniger der Staatsmacht anheim zu geben, selbst wenn es mir unwiderlegbar möglich gewesen wäre, denn die Staatsmacht war nicht die Macht meines Vertrauens. Eher konnte ich mir schon vorstellen, mit einer zahlenmäßig überlegenen, entschlossenen Schlägertruppe jenen Rotzlöffeln ordentlich einzuheizen, doch verfügte ich weder über die Überzeugungskraft, Schlägertruppen anzuheuern, noch über die Möglichkeit, die Horde dingfest zu machen, kurz und gut, ich sollte und wollte bei der ursprünglichen Einlassung bleiben, ich sei ARNO SCHMAL und könne mich an NICHTS ERINNERN.

Bevor ich jedoch ansetzen konnte, kam mir der Arzt zuvor: „Herr Schmal ist noch nicht in der Lage, die Tragweite einer Aussage zu ermessen!" sagte er bestimmt. „Und es ist für mich als Arzt nicht nachvollziehbar, warum Sie hier ein Opfer zum Täter machen wollen. Der Mann war so schwer verletzt, ist es letztlich noch, und zwar ausschließlich aufgrund stumpfer Gewalteinwirkung, dass hier ein öffentliches Interesse an Strafverfolgung gegeben ist. Und das keineswegs in Richtung auf das Opfer, das hier unter uns sitzt. Ob sich Herr Schmal gesetzeskonform verhalten hat, steht hier nicht zur Debatte. Da könnte ja jeder kommen! Selbstjustiz! Wo sind wir denn!" Er schlug mit der flachen Hand vernehmlich auf den Tisch, erhob sich steif und schnarrte: „Meine Herren! Ich betrachte das Gespräch als beendet! Herr Schmal, gehen Sie bitte wieder in Ihren Krankensaal!"

Während der ältere Polizist sich bereits erhoben hatte, machte der jüngere keine Anstalten zu gehen. Ich stand ebenfalls auf, etwas schwächer und linkischer als sonst und wankte zur Tür. Der junge Polizist sagte gefährlich leise: „Sie behindern hier polizeiliche Ermittlungen, Herr Doktor. Auch Sie haben Ihren Vorgesetzten. Und wir kommen sowieso wieder. Mit dem Erkennungsdienst, wenn Sie es so haben wollen, mit der Presse, und, und, und! Dann können Sie froh sein, wenn Sie in der Provinz Knochenbrüche flicken dürfen." Der Arzt grinste nur. „Der Beschwerdeweg steht Ihnen natürlich offen. Aber aus meinem Stationszimmer hinauswerfen kann ich euch alle gleich. Da muss ich nicht erst meinen Vorgesetzten fragen."
Ich drückte auf den Türgriff und torkelte hinaus. Das Gespräch, das mich normalerweise eher amüsiert hätte, setzte mir zu. Wenn irgend jemand in irgendeiner Zeitung mein Foto veröffentlichte, war es vorbei mit ARNO SCHMAL.
Die Tage gingen dahin, öde, blutleere Krankenhaustage, meine Genesung machte kaum Fortschritte, die anhaltende Schwäche und Mattigkeit ging mir auf die Nerven, ein Spaziergang im Hof des Spitals ließ mich bereits keuchen und japsen, sonst hätte ich jenes ungastliche Haus längst verlassen. Doch allein der Gedanke, mit meinem Tornister durch Wiesen und Wälder zu ziehen, um Essbares anzuklopfen oder mir auch nur ein leidlich bequemes Nachtlager herzurichten, machte mir Angst, Unbehagen, ich war einfach noch zu schwach, und eine Alternative hatte ich nicht, außer derjenigen, reumütig in mein Elternhaus zurückzukehren, und dieser Gedanke verursachte mir noch größeres Unbehagen. Doch es half nichts, ich musste verschwinden, zunächst in die Stadt, in die Anonymität, bevor der wirkliche ARNO SCHMAL ausfindig gemacht wurde.
Aus dem Krankenhaus hinauszukommen war keine Kunst, ich lag auf keiner geschlossenen Abteilung, hatte mir das wenige Bargeld längst ausfolgen lassen, allerdings musste ich notgedrungen meine Habe zurücklassen, Wäsche, Wanderkarten und meinen Tornister, möglicherweise wurde alles der Polizei übergeben, als Beweismaterial für eine nie begangene Straftat, einerlei, ich musste weg aus diesem muffigen, entsetzlichen Krankenhaus; am ganz frühen

Vormittag, beschloss ich, würde ich ganz normal beim Hauptportal hinausspazieren, mich zum nächsten Bahnhof durchschlagen, dort verkehrten Pendlerzüge, wo angesichts des Gedränges kaum kontrolliert wurde; ich musste meine karge Barschaft zusammenhalten.

III.

Wen - oder was - LIEBT ein LANDSTREICHER? Oder auch: WER LIEBT EINEN LANDSTREICHER? Geht man von einem Sexualakt aus, ist die naheliegende Antwort: eben eine LANDSTREICHERIN, oder, im Falle eines homosexuellen Kontaktes, ein weiterer LANDSTREICHER, und wenn man den Gedanken etwas weiterspinnt, und aus dem LANDSTREICHER etwa ein STADTSTREICHER wird, so lieben sich eben STADTSTREICHER untereinander. Sie bleiben unter sich, kaum eine noch so experimentierfreudige Hausfrau holt sich einen Sandler in ihr Bett, kein biederer Lohnempfänger lässt sich mit einer Verwahrlosten ein, zumindest nicht auf Dauer.

Einige Monate nach meiner etwas überstürzten Flucht aus dem Krankenhaus fand ich mich plötzlich wieder, auf einem zerwühlten, stinkenden Lager, in einer heruntergekommenen Souterrainwohnung, wobei Wohnung auch schon wieder übertrieben war, eine Art Schlafstelle eben, mit Koch- und Waschgelegenheit, genutzt mal von diesem und mal von jenem, und in letzter Zeit eben von mir und der GEWÜRZNELKE, auch SONNEN-NELKE, ALTSTADT-, VORSTADT- oder schlicht STADT-NELKE gerufen, zur besseren Unterscheidung von der LAND-NELKE, genau genommen ein Nelkerich, weil männlich, der vom Tode vergessene Landschaftsgärtner und Großvater der STADT-NELKE, die jetzt ausgebreitet neben mir lag, mit rasselnden Atemgeräuschen in die löchrigen Kissen speichelte und von meinem plötzlichen Erwachen nichts mitbekam; ich weiß nicht mehr, was mich hochfahren ließ, damals, in jener Nacht, oder besser, in den frühen Morgenstunden, ein Geräusch war es wohl nicht, auch nicht der grelle Blitz einer plötzlichen Erkenntnis, eher ein gestörter Schlafrhythmus, ich konnte mich an das Stadtleben nicht gewöhnen. Ich stand auf, ging die Treppe hinauf auf die Straße und urinierte in den Rinnstein.

Die Behausung lag an der Peripherie, unweit des Güterbahnhofs einer Landeshauptstadt, weiter im Süden gelegen, wohin es mich mit dieser Frau verschlagen hatte, sie kannte sich im ganzen Land aus, sogar noch weiter, im nahen und fernen Ausland.

Früher einmal war sie eine Fierantin gewesen, eine fliegende Händlerin, frühmorgens hatte sie Kisten und Koffer auf einem kleinen Handwagen gezogen, zu ihrem Standort, Fußgängerzonen gab es noch nicht, auf Plätzen, Treppen, Haltestellen, seltener in den Foyers der ersten Supermärkte, auch in Durchhäusern und Eingängen von Parkgaragen hatte sie ein oder mehrere Tücher ausgebreitet, auch Teppiche, und darauf ihre Waren drapiert: Blechschmuck, Silberschmuck, Holzanhänger, Ringe und Amulette, Versilbertes, Verchromtes, Seifen, Öle, Räucherwerk, Tinkturen und Tiger-Balsam, Chiloums und Wasserpfeifen, Seidentücher, Zierfläschchen, Parfüms, gelegentlich Fransenjacken und Jesus-Sandalen, Knöpfe, Haarklammern, papierne Fächer; Döschen und Duftlampen, kleine Lederbeutel für kleine Geldbeträge, Sonnenbrillen und Schamanenkappen, - all das und noch mehr reihte sie liebevoll aneinander, setzte sich dazu und harrte der Dinge, die da kamen. Abends packte sie wieder ein, was sie nicht verkaufen hatte können, lud es in ihren Handwagen und zog weiter, von Ort zu Ort, mit stoischem Gleichmut, mal hungrig, durstig, verfroren und durchnässt, mal heiter, beschwingt von Wein und Haschisch, mal abwartend, nachdenklich und grüblerisch, so glitt die GEWÜRZNELKE durch ihr Leben, irgendwo tanzte sie, sang sie, liebte sie, verschwand wieder und tauchte anderswo wieder auf.

Später verlor sie alles, sie sagte mir nicht, wie und warum. Sie zog weiter durch die Städte, ihre Städte, Amsterdam, Paris, Strassburg, Wien, Rom, Mailand, Madrid, auch Frankfurt, Köln und Berlin (damals noch West-Berlin), auch Provinzstädte, Kleinstädte, Kur- und Badestädte - bis sie nicht mehr wollte. Ihre Kreise wurden enger, sie trieb sich an Bahnhöfen herum, bettelte und stahl, machte eigenartige Geschäfte. In der Hauptstadt traf sie ihren Großvater wieder, sie blieb in der Hauptstadt. Und dann traf sie mich.

Ich entdeckte den Sex erst mit neunzehn, Sex als Rauschmittel, Sexualität um ihrer selbst willen, jahrelang unterdrückte Geilheit brach sich Bahn, ich ließ sie gewähren. Die Sexualerziehung im Elternhaus war allzu aufklärerisch gewesen, fast sachlich, die Schwester stellte ehedem auf plumpe Art ihren Pubertätsspeck zur Schau und erntete nur betretenes Schweigen, keine - durchaus angebrachte, fast schon erbettelte - Zurechtweisung, der Bruder traf zwar den Vater bis ins Mark, als er sich offen zur Homosexualität bekannte, doch löste er keine Diskussion aus; ich wiederum hörte mir die gesamten Aufklärungsgespräche zwar nicht uninteressiert an, aber eher im Hinblick auf die VERMEIDBARKEIT sexueller Handlungen, schließlich wollte ich Landstreicher werden. Namentlich der Vater versuchte mir einen Komplex einzureden, nämlich dass Knaben, die Samenergüsse haben, - das Wort Orgasmen vermied er - eben auch Kinder zeugen können, dass es nicht Sinn und Zweck der Natur sein kann, die lebensspendende Flüssigkeit wahllos herumzuspritzen, - das Wort SÜNDE vermied er ebenfalls. Ich empfand die Aussicht als grauenvoll, durch ungewollten Nachwuchs an eine Frau, einen Säugling, eine Behausung und - schlimmer noch - an einen Broterwerb gebunden zu sein, zumindest für einen potentiellen Landstreicher. Also unterdrückte ich lange Pubertätsjahre mein sexuelles Verlangen, traute mich eher über die Haschischzigaretten der Schwester, als über die Erforschung der Körperlichkeit, die GEWÜRZNELKE nahm es mir nicht für übel, schien sogar Spaß an meiner Unerfahrenheit zu haben, offenbar hatte sie in ihrem abwechslungsreichen Leben genug Möglichkeiten gehabt, zu erkennen, dass Männer, was den Geschlechtstrieb betrifft, in erster Linie potentielle Spinner waren, nicht etwa potentielle Juristen, Handwerker, Kaufleute oder Kriminelle, schon gar keine potentiellen LANDSTREICHER.

Die Gewürznelke also, vulgo JUTTA TLAPAC, damals Ende zwanzig, also ziemlich genau zehn Jahre älter als ich, machte mich zum Mann, als ich, verletzungsbedingt, als Landstreicher pausieren musste, auf Parkbänken oder in Bahnhofshallen saß oder auch im Foyer des Männerwohnheims, wo ihr Großvater untergebracht war, die LANDNELKE, auch hier und da MONDNELKE gerufen; der alte Mann war fast zur Gänze ertaubt und von wunderlicher Wesensart, ständig wärmte er in der Gemeinschaftsküche Essen aus Dosen auf, verschlang auch das meiste, ohne dass man es ihm ansah, und was er nun endgültig nicht mehr verdrücken konnte, verschenkte er, zumeist an mich, wenn ich gerade dort war, es konnte mir recht sein, ich musste wieder zu Kräften kommen. Die Konserven klaute die Enkelin in Supermärkten, ohne Not, ihre Kasse stimmte, doch „man muss im Training bleiben, es kommen wieder schlechtere Zeiten!"

SONNEN-NELKE passte übrigens vortrefflich, ihr großes, rundes Gesicht strahlte immerzu. Sie überragte mich fast um Haupteslänge, war kräftig, breitschultrig, schmalhüftig, ein Mannweib mit schwieligen Händen und großen Füßen, abgehärtet von Jahren der Wanderschaft, dem Wechsel von Überfluss und Entbehrung, ihr wahrhaft sonniges Gemüt dürfte ihr über einiges hinweggeholfen haben.

Sie hatte mich damals aufgelesen, nach meiner Flucht aus dem Krankenhaus, als ich hungrig, geschwächt und noch von Schmerzen geplagt in der Hauptstadt ankam, trotz warmer Außentemperatur frierend, zittrig und blass vom soeben durchlittenen Martyrium; Gehen und Stehen fiel mir schwer, ich japste bald nach Luft, musste mich an Hauswänden festhalten oder auf Bänken ausruhen. Ein Lastwagen hatte mich mitgenommen, der frühmorgens Viktualien in die Spitalsküche geliefert hatte, ja, er fahre in die Stadt, allerdings in die Markthalle, nicht etwa direkt zum Bahnhof, nun, das war mir leidlich egal, Hauptsache schnell weg von hier, in die Anonymität der Hauptstadt, was mich dort erwartete, würde ich sehen, außerdem klang MARKTHALLE vielversprechend nach etwas ESSBAREM; davon konnte ich zur Zeit gar nicht genug bekommen.

Die Fahrt war anstrengend gewesen, in dem nur mit leeren Steigen beladenen, ratternden LKW, über holprige Straßen in den beginnenden Vormittag, teils sah ich Kinder in ländlichen Gemeinden auf den Bus warten, auch mürrische Eisenbahner, entweder von einer Schicht kommend oder gehend, in den vormittäglichen Feierabend der Nachtarbeiter, ich musste eine mittlere Schwermut unterdrücken, die mir die Kehle zuschnürte, wie gern wäre ich ausgestiegen und über Wiesen und Felder spaziert, über sanft im Morgenwind wogendes LAND GESTRICHEN; allein, meine Kräfte reichten nicht aus, ich wäre irgendwo liegen geblieben und in das nächste Krankenhaus gebracht worden, eben dieses, aus dem ich gerade geflüchtet war, denn weit waren wir mit dem langsamen Lastwagen noch nicht gekommen.

An jenem Vormittag arbeitete Jutta Tlapac in dieser Markthalle, eine Art Tagelöhnertätigkeit, beginnend um vier Uhr früh, endend irgendwann am Vormittag, schwere, recht gut bezahlte Arbeit, wer zeitig genug da war, wurde eingeteilt, Lastwagen zu beladen und zu entladen, hatte man genug Leute, wurden die restlichen wieder weggeschickt, gleich Schneeräumern im Winter; freiwillige Tätigkeit, nach Gutdünken entlohnt, am Rande der Legalität, es beschwerte sich ohnehin keiner. Sie fiel mir auf, sie war nicht zu übersehen, sie kam auf den Lastwagen zu, dem ich gerade entstieg, mit sicherem Gespür erschnupperte sie meinen Aufenthaltsort in den letzten Wochen, wusste möglicherweise auch den Zielort des LKW und zählte lediglich zwei und zwei zusammen.

„Heiliger Sebastian! Ein Patient! Auch noch!" entfuhr es ihr, beherzt ergriff sie meine Hand, sie fühlte sich kalt und schlaff und ungesund an, schrumpfte fast in der ihren, sie zog mich fort durch die endlosen Gänge der riesigen, überdachten Halle - kurz fiel mir die Traumsequenz jener Bahnhofshalle ein - hinaus, ins Freie, in die Morgensonne.

In einer Wellblechhütte hielt ein dicker, schnauzbärtiger Mann Maulaffen feil. Seine Kiefer mahlten in trägem Rhythmus, er blinzelte, wackelte mit den Ohren, von Zeit zu Zeit spuckte er aus. - „Gib ihm ein Frühstück, Murad", sagte die Sonnen-

Nelke mit sanfter Stimme. „Der ist krank. Ich komm´ in einer halben Stunde." Sie sah mich nachdenklich an, strich mir kurz über mein wirres, fettiges Haar und entfernte sich langsam. Nach einer Weile erhob sich Murad schnaufend, gönnte mir einen kurzen, missbilligenden Seitenblick und schlurfte wortlos hinaus. Ich blieb allein. Es war mir nicht wohl in meiner Haut, Lethargie machte sich breit, ich begann, von einem Moment zum andern zu leben, fast fühlte ich mich schon zu schwach, jenen kauzigen Pfarrer aufzusuchen, bei dem ich Geld deponiert hatte, die ULTIMA RATIO sozusagen, Eingeständnis des Scheiterns nach wenigen Monaten, denn die Alternative, ins Elternhaus zurückzukehren stellte sich mir nicht, auch nicht zur Schwester, - vom Bruder hatte ich nicht einmal eine Adresse - ich hatte die Brücken hinter mir abgebrochen, dorthin führte kein Weg zurück.

Offenbar war Murad so etwas wie eine Aufsichtsperson, ein Wärter, vielleicht auch nur ein Hilfswärter, zweiter Wärter in Vertretung des ersten, mit welchen Befugnissen auch immer, zumindest war die Hütte leidlich aufgeräumt, ein Spind, eine Liege, ein Sitzplatz mit Telefon und direkter Sicht zur Einfahrt, mit einem kleinen Tisch, wo er offenbar Aufzeichnungen machte; die Wände waren regelrecht zugekleistert mit Pin-up-Girls, große, kleine, magere und fette, teils eindeutig pornographische Darstellungen, teils bieder-plakative Strandschönheiten, ich besah sie mir eine Zeitlang, biss mir nachdenklich auf die Lippen und schaute wieder weg; Murad betrat keuchend die Wellblechbaracke.

Ich staunte nicht schlecht, was er alles anschleppte: Grillhühner, Würste, Semmeln, Schwarzbrot, Käse, Bier und eine Flasche Rotwein wuchtete er in einer Schachtel auf den Fußboden. „Iss! Trink! Du krank!" radebrechte er und ließ sich auf seinen Sitz fallen. Er hatte recht, langsam begann ich zu begreifen, dass ich mindestens so elend ausschauen musste, wie ich mich fühlte. Es kostete mich etwas Überwindung, doch blieb mir keine Wahl, langsam aber stetig schlug ich meine Zähne in ein Grillhuhn, solange es noch warm war, stopfte Schwarzbrot und Semmeln hinterher, spülte mit Bier nach und rülpste vernehmlich; ich ließ mir sehr viel Zeit, um mich nicht übergeben zu müssen, Fett troff mir vom Kinn und stieß mir sauer auf, es half nichts, ich musste essen, was irgendwie hineinging.

SONNEN-NELKE betrat den Raum, erfüllte ihn mit ihrem sonnigen Gemüt, seufzte aber doch etwas abgekämpft vor sich hin und setzte sich zu mir, aufmunternd stieß sie mich an, ja, der Bub isst brav, sie schien es gut mit mir zu meinen, langsam kehrten meine Lebensgeister zurück, zumindest ein Teil von ihnen.

„Magst eine Kleinigkeit rauchen? Dann isst sich's leichter. Muss ja Schwerarbeit sein jetzt, für dich." Sie mochte recht haben, die appetitfördernde Wirkung kleinerer Haschischmengen war mir bekannt, also sagte ich nicht nein. Der Shit kratzte im Hals, kitzelte aber nach einer Weile wohlig die Schädeldecke, ich lutschte Käse und Hartwürste, schon wollte ich das nächste Grillhuhn abknabbern, doch da kam mir die NELKE zuvor. „Das ist jetzt für mich, du Strolchi! Übertreib's mal nicht gleich!" Sie langte zu und bedachte mich mit einem süffisanten Seitenblick, ich musste kichern, sie kicherte mit.

Sie redete türkisch mit Murad, monotones Genuschel in einer mir fremden Sprache, - ich konnte auf türkisch gerade einmal grüßen und bis zehn zählen - wohl konnte ich mich in dem Rotwelsch meines Schwagers verständigen, wenn es denn sein musste, doch eben hier nutzte es mir nichts. Meine Gedanken schweiften ab, ich betrachtete die SONNEN-NELKE und den dicken Murad, sah gleichsam durch sie hindurch, das Treiben auf dem Platz vor der Markthalle wurde ruhiger, der Vormittag schritt voran, ich konnte mich nicht zwischen satter, zufriedener Schläfrigkeit und gespannter Neugier entscheiden.

„.....aus dem Krankenhaus abgehauen!" hörte ich mich sagen. Das Haschisch zeigte Wirkung, ich vertrug wahrlich nichts mehr. Die beiden lachten, ich fand es nicht eben lustig, es kam mir vielmehr wie eine Heldentat vor, trotz meiner augenfälligen Schwäche war ich in einer Herrgottsfrühe allzu kerzengerade aus dem Portal gestelzt, nur mit dem, was ich am Leib trug, hatte, einer plötzlichen Eingabe zufolge, den LKW-Chauffeur angesprochen, wo er denn hinfahre, in die

Stadt vielleicht, und ob er mich mitnehmen könne, ein durchaus logisches Vorgehen, was mir nun aber wie eine taktische Meisterleistung vorkam, ein unheimlich starker Abgang, sozusagen; in Wirklichkeit dürfte mein Verschwinden, wenn überhaupt schon entdeckt, kaum so hohe Wellen geschlagen haben, Ärzte und Pflegepersonal dürften eher aufgeatmet haben, jenen verwahrlosten ARNO MICHAEL SCHMAL (oder wer er auch immer war) so bald und so problemlos losgeworden zu sein.

„Und weil du gewusst hast, dass du MICH hier findest, bist du direkt hier her gekommen..." Das Gesicht der SONNEN-NELKE kam meinem gefährlich nahe, gleichsam beiläufig schob sich eine große, kräftige Hand auf meinen rechten Oberschenkel, normalerweise wäre ich zurückgewichen, doch irgend etwas ließ mich ausharren, dem Angriff standhalten, ihre trüben, grünen Katzenaugen - sie standen etwas schräg und sehr weit auseinander - saugten sich irgendwo in meinem Gesicht fest, ich sah schadhafte, schiefe Zähne und spürte ihren Atem; sie roch nach den Viktualien, die sie die ganze Zeit über verladen hatte, nach einem merkwürdigen Konglomerat jener Duftöle, die sie früher verkauft hatte (was ich da noch nicht wusste) und eben nach sich selber, nach SONNEN-NELKE, GEWÜRZNELKE, ALTSTADTNELKE, eine melancholische, dunkle Aura, einem schweren Waldboden ähnlich, auf dem mannigfache Pilze gedeihen, Beeren, Humus, getrocknetes Laub, von hellen Tupfern sauren Schweißes überlagert, dem Schweiß einer kräftigen Frau, die sich nicht unterkriegen ließ. Sie rückte von mir ab und entnahm einem flachen, silbernen Etui eine offenbar vorgedrehte Zigarette, zündete sie an und blies mir Rauch ins Gesicht.

„Und was soll jetzt werden?" Sie wurde plötzlich sachlich. „Hast du was angestellt? Musst du abtauchen?" - „Nicht eigentlich", antwortete ich lahm, bemerkte, dass ich mich selber zur Sachlichkeit zwingen musste und erzählte den beiden, etwas stockend, meine Geschichte, dass ich LANDSTREICHER sei und in eben jenen Weinorten umherstreifte, bis man mich, völlig grundlos, nicht nur krankenhausreif, sondern halb zu Tode geprügelt habe; aus Rücksicht auf meine - wohlhabende - Familie hätte ich im

Krankenhaus einen falschen Namen angegeben (was so nicht stimmte, aber stimmig genug war), sodann, nicht einmal zu einem Viertel genesen, in Verdacht geraten, jene tätliche Auseinandersetzung womöglich selber provoziert zu haben, ich mich aus dem Staube machte, in die Hauptstadt, um mich hier irgendwie durchzuschlagen, bis ich kräftig genug war, mein altes LANDSTREICHER-LEBEN wieder aufzunehmen.
„Hast du Geld?" fragte Murad. - „Kaum", entgegnete ich wahrheitsgemäß. - „Aber dein´ Familie hat", stellte er trocken fest. Nun ist es unendlich mühsam, einem Türken erklären zu müssen, dass mir die Eltern kein Geld schicken werden, mich allenfalls als reumütigen Heimkehrer aufnehmen und postwendend in eine psychiatrische Klinik überstellen würden, auch im Falle einer vorgetäuschten Entführung unvermittelt die Polizei einschalteten, abgesehen davon sei mir der Gedanke zuwider, ich wollte ihr Geld nicht haben.
„Ich versteh´ nicht", schnauzte Murad, „du krank! Du in Not! Sie müssen dir helfen!" Er glaubte mir kein Wort. Die SONNEN-NELKE redete besänftigend türkisch mit ihm, sein Gesicht erhellte sich plötzlich. „Ah, jetzt versteh´ ich! Nix deine Familie! Du Bastard, du verstoßen! Kannst du doch sagen, nix deine Schuld!" Es war schon merkwürdig, wie einfältig der Türke war; falls mich die - wohlhabende - Familie in der Tat „verstoßen" hätte, wäre für mich kein Grund vorgelegen, aus „Rücksicht" einen falschen Namen anzugeben, auch waren meine Beweggründe andere gewesen, die ich nicht einmal der SONNEN-NELKE schlüssig zu erklären vermocht hätte, zumindest noch nicht zum damaligen Zeitpunkt.

Es folgte ein weitschweifiges Verhandeln, teils Getuschel und Gewisper, auch lautstarkes Abwägen, ich kümmerte mich um die Reste der Nahrungsmittel, die Murad gebracht hatte, es war nicht eben viel übrig geblieben. Nach einer Weile sprang Murad auf, nötigte auch die Nelke zum Aufstehen und schrie: „DA, SCHAU SIE AN! IST NELKE, GEWÜRZNELKE; NELKE-SONNE, ÜBERHAUPT ALLES NELKE! DIR GEFÄLLT NELKE, WAS!? DU GEFALLT NELKE, DIR GEFALLT NELKE, ICH WILL WISSEN JETZT! SCHAU SIE AN, VON ALLE SEIT´ , GUT NELKE, WAS! DREH UM, ZEIG DICH, ER SOLL WISSEN!" Sie ließ das Theater mit leichtem Unwillen über sich ergehen, hinter stoischem Gleichmut lauerte verhaltener Zorn; ich beschloss, sie zu erlösen: „SIE IST DIE SCHÖNSTE FRAU, DIE MIR SEIT LANGEM BEGEGNET IST!" Salbungsvoll, nicht ohne Pathos, lobte ich ihre Vorzüge bei dem Türken Murad, wobei mir immer noch die Wirkung des Haschischs zu Hilfe kam, obwohl sie bereits im Abklingen war, die SONNEN-NELKE küsste mich begeistert auf die Wangen und setzte sich rittlings auf meinen Schoß, ich ächzte; obwohl sie nicht fettleibig war, taxierte ich sie auf gute achzig Kilo, auch mein Gewicht in besseren Zeiten, doch hatte ich in den letzten Wochen gut zehn Kilo abgenommen, ein ärgerlicher Zustand, ein Landstreicher braucht Reserven für Notzeiten.

„Er kann beim Walter im Wohnwagen unterkommen!" rief die Nelke. „Mit der Dusanka muss er sich halt zusammenraufen!"

„Eine Zeit kann gut gehen. Aber dann?" Murad zog hilflos die Schultern in die Höhe.

„So, ich mach´ Runde", brummte er nach einer Weile. „Schlissl is´ oben und Auto bei Springbrunnen. Kommst du morgen? Er is´ noch zu schwach, versteh´ schon."

Er schlurfte hinaus, ohne eine Antwort abzuwarten.

Die nächste Zeit versank fast völlig im Nebel der Körperlichkeit, die SONNEN-NELKE hatte ohnehin keinen festen Partner, auch keine reguläre Bleibe, eine Wohngemeinschaft hier, ein Haschbruder dort, bei dem man sich umziehen konnte, ein verbeulter, alter Renault-Kastenwagen mit einer gefälschten Straßenzulaßung, - in dem schlief ich am liebsten - die Wagenburg der Roma-Sippe, die mich sofort als einen der Ihren akzeptierten; binnen kürzester Zeit wollte auch ich nur noch das EINE, wir trieben es unter Brücken und in Umkleidekabinen, in Abbruchhäusern und in städtischen Grünanlagen, anfangs spürte ich noch die eingeimpfte Ejakulationshemmung, - was wiederum ihr großen Spaß machte - später schliff sich das ein, wir vögelten mehrmals täglich miteinander.

Die SONNEN-NELKE also, diese großgewachsene, breitschultrige Frau, auf ihren kräftigen Armen wuchsen dunkle Haarbüschel, ihrem mächtigen Schenkeldruck konnte ich kaum etwas entgegensetzen, eine ungepflegte, vorzeitig abgegriffene Szene-Braut mit eindeutigem Hang zur Verwahrlosung, paarte sich mit mir, einem Landstreicher im Krankenstand, sozusagen karenziert, das ergab ein Gespann von schier atemberaubender Herzlichkeit, überall waren wir beliebt, gern gesehen, man ergötzte sich an unserer Heiterkeit, unserer zur Schau getragenen Verliebtheit, arglos lebten wir in den Tag, schon morgen konnte wieder alles ganz anders sein.

„Wie heißt du eigentlich?" fragte sie mich angelegentlich. „Markus", entgegnete ich ohne Umschweife. Ich sah keinen Grund, die SONNEN-NELKE zu belügen. Und wie alt bist du?" - „Neunzehn. Immer noch." (Auch das stimmte). „Echt?" fragte sie ungläubig. „Du schaust eigentlich älter aus." Da mochte sie recht haben.

Im übrigen zeigte sie sich durchaus spendabel. Wir frühstückten beim Großvater im Wohnheim, dann tätigte sie Vermittlergeschäfte auf der Szene, lud mich in ein Steak-House ein, und wenn es finster wurde, fuhren wir in jenem verbotenen Vehikel zu allen möglichen Adressen, sie holte Shit und LSD und jene merkwürdigen Tabletten, die gerade im Schwange waren, verhökerte sie in einschlägigen Lokalen, in den frühen Morgenstunden verschlangen wir in den Restaurants der Nachtvögel, was wir erwischen konnten; die SONNEN-NELKE laugte mich nicht aus, sie schaute auf mein Wohlergehen, ich wurde zusehends kräftiger.

Allerdings wurde die Hauptstadt für uns nur ein Intermezzo. Nach etwa einer Woche beschloss sie, direkt von einer unserer nächtlichen Fahrten in der Markthalle um Arbeit anzustehen, (es war ziemlich sicher, dass sie arbeiten konnte, man kannte sie dort), wir trafen uns danach bei Murad, mit dem sie eine teils erregte, teils tiefsinnige Unterredung führte. Anschließend fuhren wir zum Großvater, sie war merkwürdig einsilbig, fast abweisend, doch ich drängte sie nicht.
Der Großvater wiederum hörte schlecht und begriff schwer, kochte Kartoffeln und schmorte Büchsenbohnen, rauchte zwischendurch Opium aus einer Maiskolbenpfeife und enthielt sich jeden Kommentars. Was sich aus dem fahrigen Gestammel der Enkelin herausdestillieren ließ, war, dass man

einen gewissen KURT, auch KURTL, seltener KURTI, verhaftet hatte, ein zweifellos äusserst wichtiger Mensch, der Gott der Szene, gleichermaßen, oder auch graue Eminenz, stiller Teilhaber, Finanzjongleur, Ex-Lover und Prophet, alles in einem; mir war der Mann herzlich egal. Gierig zog ich an der Opiumpfeife des Alten, die sanften, grünen Wiesen meiner Krankenhausträume tauchten wieder auf, milde Zufriedenheit überkam mich; der KURT konnte mir gestohlen bleiben.

„Wir fahren in den Süden!" gepresst verbalisierte die SONNEN-NELKE ihren offenbar schwer gefassten Entschluss. „Wir haben dort eine Bleibe. Und es gibt viel zu tun." Mir sollte es recht sein, für die Walz war ich noch zu schwach, außerdem wollte ich bei ihr bleiben, wenigstens vorläufig, der Süden störte mich nicht.

„Kannst du eigentlich autofahren?" fragte sie fast kleinlaut; ich konnte. Auf Anordnung des Vaters hatte ich den Führerschein gemacht, eher halbherzig, Autofahren interessierte mich nicht, ist eines Landstreichers unwürdig, allenfalls ein Fahrrad ginge an, und auch dieses wäre mir eher hinderlich vorgekommen, als dass es mir irgendeine Erleichterung verschafft hätte.

„Also dann! Südautobahn! In die nächste Landeshauptstadt. Die Autobahn geht nicht lange, dann wird´s kurvig. Zwei Stunden werden wir brauchen mit dem Kübel!" Die SONNEN-NELKE rollte sich auf dem Beifahrersitz ein und döste, ich startete den Motor und fuhr los; den Weg wusste ich.

Es bereitete mir einige Mühe, das alte Auto zu lenken, ich war ein gänzlich ungeübter, auch mäßig talentierter Fahrer, der Wagen ruckelte und heulte, dann und wann wurde ich angehupt, andere schauten böse oder schüttelten verärgert den Kopf, nach einer guten Stunde hielt ich auf einer Anhöhe, um mir ein Bier zu kaufen und zu urinieren, dankbar registrierte ich, dass die SONNEN-NELKE anschließend bereit war, das Steuer zu übernehmen.

Als wir ankamen, regnete es in Strömen. Sie kannte sich aus, fuhr ohne Umwege zu besagter Bleibe, kramte unter der Mülltonne einen Schlüssel hervor und sperrte die Tür zu der Souterrain-Wohnung auf; es stank nach Abfall, Urin und Schimmel, die Bude war finster und strahlte etwas Trostloses aus, wie wenn mümmelnde Greise in einem verwahrlosten

Altenheim ihrem Abtransport entgegen dämmerten. In der schmierigen Küche lag auf einer Anrichte ein Zettel mit flüchtigem Gekritzel, er war nicht an mich gerichtet, - wie auch? - deshalb machte ich mir nicht die Mühe, ihn zu entziffern. Gesichert schien jedenfalls, dass wir hier vorläufig bleiben konnten, möglicherweise diente die Bude noch anderen als Schlupfwinkel, doch man würde sich einigen, meine SONNEN-NELKE schien auf mehreren, auch überregionalen Hochzeiten zu tanzen.

Die folgende Entwicklung ging mir zwar nicht unbedingt gegen den Strich, zumal ich auch mein Nahziel verwirklichen konnte, nämlich wieder zu Kräften zu kommen, allerdings sah ich die Gefahr herauf dämmern, eingesperrt zu werden, diesmal für Dinge, die durchaus in meinem Verantwortungsbereich lagen; nun wäre es mir leicht gefallen, für meine Überzeugung ins Gefängnis zu gehen, also für mein Landstreichertum, nicht aber für jenen Haschisch-Handel, den ich nun mit der SONNEN-NELKE praktizierte. Sie selber sah die Gefahr nicht so präzise wie ich, da sie sich dieser Existenzform offenbar voll und ganz verschrieben hatte; gewiss, wer konnte es ihr verargen, sie kannte offenbar auf der ganzen Welt Leute, konnte sich in mehreren Sprachen verständigen und kiffte selber immerzu, kein sattes, zufriedenes Feierabend-Rauchen wie bei der Schwester, sondern gezielte, zwischenzeitliche Energiezufuhr, kleine, oft winzige Mengen ließen sie bereits aufblühen, ich konnte da nicht mithalten, die Psychodroge erschloss sich mir nicht in diesem Ausmaß, inspirierte mich allenfalls zu Hanswurstiaden, was Wunder, schließlich war ich LANDSTREICHER, kein Haschbruder.

Der Tag begann zwischen fünf und sechs Uhr morgens, stets luden wir einen gut gefüllten Picknick-Korb in den alten Renault und fuhren hinaus, die südwestlichen Ausfallstraßen der Stadt, bis wir vor einem kleinen, einzeln stehenden Haus mit angrenzendem Wirtschaftsgebäude halt machten, bereits außerhalb der Stadtgemeinde, die Endfasern der Großstadt, weiter südwestlich war Ebene, Dörfer, Felder und Wiesen, die noch weiter südlich in bewaldetes Hügelland übergingen; ich genoss die morgendlichen Fahrten in den beginnenden Tag hinein.

In dem Haus wohnte ein erfolgloser Komponist, ein dürrer, mittelgroßer Mann von etwa fünfundvierzig Jahren, mit grau durchwirkter, schulterlanger Künstlermähne, scharfen, eingefallenen Gesichtszügen und rot geränderten Habichtaugen; mit sparsamen Bewegungen wies er uns ins Haus, wo wir uns zunächst schweigend über den Picknick-Korb hermachten.

Die Einrichtung war spartanisch, wie vom Sperrmüll zusammengestoppelt, einzig eine teure Stereoanlage stach ins Auge, nebst Unmengen Langspielplatten, die CD war noch nicht erfunden, aus den Lautsprechern waberte TANGERINE DREAM, unzählige Staubpartikel flirrten in der Morgensonne. Der Gastgeber reichte mir einen riesigen Joint.
„Toni, was macht die Kunst?" fragte die SONNEN-NELKE nach einer Weile. - „Welche?" fragte der Angesprochene heiter zurück, drehte die Musik leiser und beantwortete seine Frage selber.
„Die brotlose dümpelt so dahin. Du weißt ja, die Stromrechnungen. Das Geschäft hat floriert. Bis der KURTI auf einmal nicht mehr kam. Seine Eltern sind auf Tauchstation und haben mir ausrichten lassen, dass du kommst, seinen Part zu übernehmen. Das ist schon o.k. für mich. Sie haben mir aber nicht gesagt, dass du noch wen mitbringst." - „Der Markus ist mein Partner. Tisch, Bett und jetzt auch Geschäft. Wir teilen eins zu eins. Ich will das so." Sie hatte mich also schon verplant, ich sollte in alles eingeweiht werden, zweifelsohne auch mithelfen, doch erwies sich das Ganze als eingespielt, organisiert und überschaubar.

Wir übernahmen von dem Komponisten allmorgendlich einige Kilo Haschisch, die die SONNEN-NELKE bar bezahlte. Wo sie das viele Geld her hatte, wusste ich nicht; es interessierte mich auch nicht. Den Rest des Vormittags verbrachten wir im Hinterzimmer einer Spelunke in der Vorstadt, wo wir den Stoff portionierten. Der Wirt, ein vierschrötiger Haudegen von einigen fünfzig Jahren, gab Bestellungen durch, wir wogen ab und verpackten, er übernahm gleichfalls gegen Barzahlung. Es gab keine Berührung zwischen den Straßenhändlern und uns, so passierte es nicht nur einmal, dass uns auf unsern Streifzügen durch die nächtliche Szene von dem Shit angeboten wurde, den wir wenige Stunden zuvor portioniert und an den Wirt weitergegeben hatten. Denn die SONNEN-NELKE war eine unermüdliche Verfechterin für DAS KRAUT, Haschisch, stets rührte sie die Werbetrommel, knüpfte Kontakte nach hier und nach dort, ich hörte bald auf, die Haschdielen zu zählen, in die sie mich mitschleifte; sie fand sie ohnehin im Schlaf.

Angelegentlich erfuhr ich, dass ein mäßig erfolgreicher deutscher Lyriker mit Wohnsitz in der Türkei den Stoff in einem präparierten Fahrzeug importierte, der Komponist war demnach so etwas wie ein Lagerverwalter, die mehr oder weniger lukrative Nebenbeschäftigung eines Desillusionierten, seine Musik hatte keinen Erfolg, und das wunderte mich auch nicht. Obwohl ich wenig von Musik verstehe, so hatte ich doch in der Schule am Unterricht teilgenommen, ich stand nicht an, das Gelernte infrage zu stellen. So wie ich als LANDSTREICHER darauf achten musste, genügend Nahrung zu finden und die Qualität derselben eher hintanstellte, nicht jedoch die Bekömmlichkeit, - ein nahrhaftes Essen, welches ich eine Stunde später wieder von mir geben musste, war kontraproduktiv - so achtete ich auch bei der Musik darauf, dass sie für mich konsumierbar blieb. Der dröhnende Hard-Rock in den einschlägigen Diskotheken störte mich nicht, versetzte mich allerdings auch nicht in Ekstase, Soul und Rhythm&Blues hörte die SONNEN-NELKE gerne, es war eine willkommene Untermalung für zärtliche Stunden, aber nicht unabdingbar; kurz, Musik interessierte mich im Grunde nicht, weder als Kunstform noch als Konserve.

Die Musik unseres Komponisten wiederum, ausschließlich elektronisch und nur so reproduzierbar, entbehrte jeglichen Spannungsmoments, ein glattgebügeltes Farbenkonglomerat erinnerte an abstrakte Gemälde, dahinplätschernde Kaskaden streng errechneter Schwingungsverhältnisse an einen Märchenerzähler aus Tausendundeiner Nacht; zu seinem Befremden entschlummerte ich mehrmals zu seinen meditativen Sphärenklängen, mein Versuch, es damit zu entschuldigen, immerhin schon einige Zeit auf den Beinen zu sein, - in der Tat fuhren wir meist ohne Unterbrechung nach den nächtlichen Lokalrunden zu ihm, den obligatorischen Picknick-Korb hatten wir bereits am Vortag besorgt - wurde von ihm abgeschmettert, auch er sei keinesfalls jetzt erst aufgestanden, er schlafe, wenn er müde sei, und arbeite, wenn er eben arbeiten wolle, außer dem frühmorgendlichen Fixtermin mit uns habe er keine Verpflichtungen, und das sei auch gut so. - Die SONNEN-NELKE wiederum goutierte seine Kompositionen durchaus, auch waren sie offenbar lange Jahre befreundet, sie regelte, ganz Frau, ihren Zugang zu der merkwürdigen Musik über die menschlich-emotionale Ebene, sie übertrug den Draht, den sie zweifellos zu seiner Person hatte, auf das monotone Gewaber aus seinen Lautsprechern, möglicherweise beruhigte und besänftigte er sich damit selber; denn er war ein überaus nervöser Mensch. Ständig rauchte er filterlose Zigaretten, monologisierte, fuhr auf, zappelte mit den Gliedmaßen und kratzte sich am ganzen Körper. Gelegentlich unterhielten sich die beiden in einer Art Geheimsprache, belanglose Sätze wurden umstrukturiert, ins Sinndunkle zerdehnt, akzentuiert, stimmlich verfremdet, Dialekte und Sprechweisen imitiert, offenbar von Leuten, die ich nicht kannte; ich konnte dem Ganzen als Zuhörer durchaus etwas abgewinnen, als eine Art durchgeknalltes Hörspiel, um es einmal so zu formulieren, doch ohne mich daran beteiligen zu wollen, verbale Kommunikation war der LANDSTREICHERS Sache nicht.

Unsere Tätigkeit streckte sich über einige Monate hin, sie warf einiges an Geld ab, was ich nicht brauchte, ich war allenfalls korrumpierbar durch gutes und reichliches Essen, doch so viele Steaks konnte ich nicht vertilgen, obwohl längst wieder zu Kräften gekommen, blieb ich vorerst bei der SONNEN-NELKE, ich mochte ihren warmen Körper nicht missen, also zersägte ich allmorgendlich jene albernen Haschischplatten, wog ab, portionierte und verpackte, außer montags; denn da hatte die Spelunke Ruhetag. Die SONNEN-NELKE ihrerseits ließ sich von einer Schneiderin, die sie in Naturalien entlohnte, einen Fummel nach dem anderen zusammenflicken, den sie am Abend stolz ausführte und der ihr tags darauf nicht mehr gefiel; auch an mich musste die Schneiderin Hand anlegen, meine landstreicherhafte Haar- und Barttracht wurde fassoniert, alle möglichen Gewänder an mir ausprobiert, sodass ich einmal wie ein kanadischer Holzfäller, ein anderes Mal wie ein buddhistischer Wanderprediger und ein drittes Mal wie ein Zigeunerprimas herumlief; ich trug alles mit Fassung. Diametral entgegengesetzt zu jener Kostümpflege war der Zustand unserer Behausung, die wir ohnehin nur zum Schlafen nutzten, auch zu Waschungen, die, eindeutig sexuell motiviert, kaum der Körperreinigung dienten; ab und an nächtigten Freunde von ihr ebenfalls in der ärmlichen Souterrainwohnung, mir fiel auf, dass sie hier überall nur STADT-NELKE oder ALTSTADT-NELKE gerufen wurde, SONNEN-NELKE fand ich treffender, immerhin war sie für mich eine Art Sonne, zumindest in dieser Zeit. Auch erfuhr ich, wie sie überhaupt zu dem eigenartigen Spitznamen gekommen war, es wurde erzählt, dass man sie mit allen möglichen Duftölen aus ihrem Sortiment hatte einreiben können, immerzu habe sie nach GEWÜRZNELKEN gerochen, eine körpereigene Geruchskomponente, die offenbar von keinem Parfüm der Welt gänzlich kaschiert werden konnte, allerdings fiel sie mir nicht auf, offenbar hatte ich auch schon den Nelkengeruch angenommen, demonstrativ schnupperte man uns nach, eine Nelke, aha, dann kann die andere nicht weit sein, „HALLO IHR NELKEN!"

Langsam ging ich zurück, die ausgetretenen Stufen hinunter, durch den Gang, an der Kochecke vorbei, - sie war lange nicht benutzt worden - zu unserem Lager, die Gewürznelke hatte sich aufgesetzt, ihre obligatorische kleine Haschischzigarette gerade zuende gedreht, sie weinte lautlos, dicke Tränen rannen über ihr rundes Gesicht, ihre Katzenaugen schauten umflort durch mich hindurch, noch sagte sie nichts, reichte mir nur wortlos den Joint; ich nahm ihn und zog daran.

Der Herbst war gekommen, noch war er nicht weit fortgeschritten, allerdings kam mit seinen Vorboten die Ernüchterung, die morgendlichen Picknick-Körbe verloren an Symbolkraft, auch der Komponist war einsilbiger, einige Zwischenhändler waren in der zweiten Jahreshälfte im Süden,

Fernost oder Südamerika, verdingten sich nur auf sommerlichen Festivals, mit gutem Zusatzeinkommen, immer öfter saßen wir bis weit in den Nachmittag bei dem Gastwirt im Hinterzimmer, die Steaks schmeckten fade, der Rotwein oftmals bitter und überstanden; es zog mich wieder hinaus, viel Zeit blieb mir nicht mehr, es war bereits Oktober, wenn der erste Schnee fiel, die ersten Nachtfröste kamen, war es für mich zu spät.

„Es ist also wieder soweit", die SONNEN-NELKE sprach klar, akzentuiert, fast sachlich. „Ich hätte das nicht mehr für möglich gehalten. Dass ich einem Mann noch einmal eine Träne nachweine. Noch dazu einem halben Kind. Aber vielleicht liegt es ja auch daran. Dass du noch ein halbes Kind bist. Nicht fordernd oder trotzig. Oder kratzbürstig. Nein. Weich, anschmiegsam, verträumt; irgendwie nicht von dieser Welt. Du schwebst zehn Zentimeter über der Erde, getrieben von einer sanften Brise. Du streichelst das Land mit deinem Luftzug. Dein Körper ist schwer, trotzdem bist du leicht wie eine Feder. Ich bin da ganz anders. Ich will hoch, in die Lüfte, möglichst schnell Höhe gewinnen. Dorthin, wo die Luft wirklich dünn ist. An die Grenze zum Orbit, oder, besser noch, mitten hinein. Ins Weltall, ins Nirwana. In den Sternenhimmel. Die Hölle interessiert mich weniger, ich schwitze zu schnell. Frost macht glasklar. Irgendwann betäubt er. Hitze verblödet. Es war zu heiß mit uns, verstehst du! In jeder Beziehung. Doch was rede ich. Nicht ich bin es, die weg will. Du bist es. Und du musst weg, ich weiß es. Aber warum fällt es mir so gottverdammt schwer, dich ziehen zu lassen?" Sie sank in sich zusammen, Trauer überwältigte sie. Doch sie hatte recht, ich musste weg. Der Lebensstil der vergangenen Monate hätte mich mehrere Jahre Gefängnis kosten können, genauer gesagt, mehrere Jahre eines erfolgreichen und erfüllten LANDSTREICHERLEBENS.

Diesmal hatte ich um einiges mehr an Geld als beim letzten Mal, ich hatte gespart. Nicht gespart hatte ich bei der Ausrüstung, auch plötzliche Kälteeinbrüche sollten mir nichts anhaben können. Und noch etwas hatte ich mir besorgt, was mir im Grunde zutiefst zuwider war, eine Pistole mit scharfer Munition, der Komponist hatte sie nicht mehr haben wollen.

Denn, bei allem Engagement: den LANDSTREICHER-MÄRTYRER-TOD zu sterben lag mir fern.

Ungefähr ein halbes Jahr später, der Frühling hatte schon wieder begonnen, ich streifte in nördlicher Richtung umher, fiel mir ein Stoß Zeitungen und Zeitschriften in die Hände. Auf der Titelseite eines etwa eine Woche alten Boulevardblattes stach mir ein scharf geschnittenes, ernst in weite Ferne blickendes Konterfei entgegen, ich stutzte, schaute erneut hin, kein Zweifel, es war der Komponist. Ich schlug den ausführlichen Artikel auf, las mit wachsendem Staunen eine beispiellose Lobhudelei auf jenen Erzeuger elektronischen Gewabers, der NEUE STAR AM KOMPONISTENHIMMEL wurde speziell in den Staaten hymnisch gefeiert, sein Entdecker und Förderer, ein großer, dicker Amerikaner mit Hornbrille und schwammig - konturlosen Gesichtszügen namens RALPH MATTHEW, offenbar ein reicher Mann, richtete ihm in Denver und Chicago hypermoderne Tonstudios ein, verpflichtete ihn zu Schallplattenaufnahmen und Vorträgen, welche er mit Bravour meisterte, es gab Fotografien mit Staatsmännern und anderen Wichtigkeiten, die Heiterkeit übermannte mich vollends, sein Elternhaus, die STÄTTE SEINES BISHERIGEN WIRKENS, sei mittlerweile gegen ein geringes Entgelt zu besichtigen, nur schade, dass eben seine Eltern, weil frühverstorben, den Segnungen seines späten Erfolges nicht mehr teilhaftig werden konnten; kurz, es war ein hanebüchener Unsinn, der da verzapft worden war, doch vermochte ich mit meinem bescheidenen Musikverständnis nicht zu beurteilen, ob ANTON MICHAEL SCHIWY nicht etwa doch die ELEKTRONISCHE INKARNATION VON HECTOR BERLIOZ, oder der UNGEKRÖNTE KÖNIG SUBTILSTER SPHÄRENKLÄNGE war, allerdings hätte dies dem einen oder anderen doch schon geraume Zeit vorher auffallen müssen.

Einmal Blut geleckt forschte ich weiter in Zeitungen und Zeitschriften, überall wurde das gleiche Hohelied gesungen, nicht die leiseste kritische Stimme wurde hörbar, es wurden Werke von ihm aufgeführt, wobei er höchstselbst das Mischpult bediente, ein Film über ihn sollte gedreht werden, Autogrammstunden in Konzerthäusern wurden organisiert, das Ganze begann mich zu langweilen. - Parallel zu diesem beispiellosen Mediengetöse entdeckte ich bei einem Dorfgreißler einen schmalen Gedichtband, auf dem ein bärtiger, schwarzgelockter Mann mittleren Alters zu sehen war, milde lächelte er von dem Buchdeckel, seine Gedichte waren teils in türkisch, teils in deutsch abgefasst, einige auch in beiden Sprachen, das Vorwort verriet, dass der Verfasser, der sich abwechselnd ENGINE NEUMAN und IZMIR KAUFMAN nannte, auch des Persischen und des Altarabischen mächtig sei und sich bereits als Übersetzer einen Namen gemacht hatte; der Greißler, ein alter, bebrillter Mann im fleckigen Arbeitskittel meinte, ich müsse schnell sein, wenn ich das Bändchen haben wolle, in den Städten sei es teilweise schon vergriffen, er hätte nur ein gutes Dutzend Exemplare gehabt, die in wenigen Stunden weg waren, dieses hier sei nun sein letztes. - Das Bändchen war wohlfeil, geradezu billig, ich kaufte es, setzte mich auf eine Bank und begann zu lesen.

Eine merkwürdige, zückersüße Melange schwappte mir da entgegen, adrett aufbereitete Kalendersprüche, Binsenweisheiten, an höhere Mächte wurde appelliert, die Überwindung niederer Instinkte beschworen, der Klappentext lobpreiste die WUNDERBARE SPRACHE DES DICHTERS, - zumindest was die türkischen Gedichte betraf, konnte sich letzteres mir nicht erschließen - doch sie erschien mir blass, leer, gleichsam beliebig, wie eine altmodische, festlich gedeckte Tafel ohne Speisen und Getränke und vor allem: ohne Gäste, ohne Stimmen, ohne Heiterkeit, ohne STIMMUNG, wie eine Katalogabbildung eines Möbelhauses, Bestellschein anbei, eigenartig uninspiriert; der Dichter, laut Vorwort bereits jenseits der Fünfzig, badete in der abgestandenen Seifenlauge seiner Eitelkeiten, doch zahnlos, ohne Biss, alles nett, aufgehübscht und jugendfrei, mir konnte der Mann gestohlen bleiben. Ein gutes Drittel des Bändchens war angefüllt mit Querverweisen auf andere Dichtungen, Übersetzungen, zumeist aus dem Türkischen, auch überraschend vielen Projekten, deren Verwirklichung angedroht wurde; da das Lesen der Gedichte in einer knappen halben Stunde erledigt war, - und einen schalen Nachgeschmack erzeugte - las ich mich durch das ganze

Sammelsurium hindurch, bis ich auf den letzten, kleinbedruckten Seiten bei einer ZEITTAFEL anlangte, die, gekrönt von einer ganzseitigen Schwarzweißfotografie, die den Dichterfürsten AUF SEINEM LANDSITZ IM KREISE SEINER FAMILIE zeigte (fotogen posierte er, umringt von einem halben Dutzend altersloser, fülliger orientalischer Schönheiten), minutiös seine Lebens- und Arbeitsstationen auflistete, wo er jahre- , wenn nicht jahrzehntelang offensichtlich für die Schublade produziert haben musste; denn veröffentlicht hatte er bislang nichts.

Seinen speziellen Dank sprach auf der letzten Seite IZMIR KAUFMAN alias ENGINE NEUMAN verschiedensten Damen und Herren aus, offenbar der Tross seiner Freunde, Allerweltsnamen, ohne dass ihre Funktion sonderlich hervorgehoben wurde. Der eigentlich größte Dank aber gebührte seinem UNERMÜDLICHEN FREUND UND MITSTREITER RALPH MATTHEW, OHNE DEN JENES EHRGEIZIGE PROJEKT NIE ZUSTANDE GEKOMMEN WÄRE.

Ich klappte das Bändchen zu und wollte es schon wegwerfen, irgend etwas hielt mich davon ab. Ich verstaute es, schulterte mein Bündel und ging nachdenklich aus dem kleinen Ort hinaus. Jutta Tlapac war bei der GROSSEN ABFINDUNG offenbar leer ausgegangen.

Einige Jahre später, ich war bereits sesshaft geworden, hatte andere Verbindungen geknüpft und auch wieder gelöst, begegnete ich ihr hoch im Norden, auf einem Provinzbahnhof, eine rein zufällige Begegnung, in der Tat hatten wir uns seit damals nicht mehr gesehen, einmal hatte ich ihr eine Karte geschickt, aus einer Laune, an jene Adresse, wo wir uns miteinander aufgehalten hatten, ob sie sie jemals erhielt, war mir egal gewesen, damals, jetzt fühlte ich eine verhaltene, beklemmende Freude, - oder war es Traurigkeit, überlagert von verjährten Orgasmen? - sie saß einfach da, die große, stattliche Frau, umringt von größeren und kleineren Gepäckstücken, in bunter, etwas ramponierter Hippietracht, schaute mir ungläubig entgegen und erhob sich zu ihrer vollen

Lebensgröße, wortlos fielen wir einander in die Arme; - da war sie wieder, die dunkle Aura nach Waldboden und Humus, nach grünen Tomaten und schwarzem Pfeffer, ja, NELKENPFEFFER, zerstoßenen Pimentkörnern und Kartoffelkraut, ihre grellen, sauren Schweißtupfer überlagerten den abgestandenen Dunst aus Sandelholz und Bergamotte, der ihren Kleidern entströmte; - lange saßen wir wortlos auf der harten Holzbank in jener verwunschenen Bahnhofshalle und umklammerten uns, ich küsste ihre dicken Tränen vom runden Gesicht, sie schmeckten nach Heublumen und nach Marihuana, eine wahrhaft kosmische Begegnung; es war wie ein Traum.

„Der Großvater ist gestorben", hörte ich sie sagen, nach einer Weile, wie von weit her, ihre Stimme war blechern, unwirklich, wie aus einem quäkenden Lautsprecher. „Er war von hier. Gebürtig, meine ich. Wollte unbedingt hier begraben sein. Heimaterde. Seine Heimaterde. Das Werden und das Vergehen..."

„....das ging noch eine Zeitlang so weiter, damals. Ich machte weiter. Doch irgendwas fehlte. Du fehltest. Und eines Morgens war der Toni verschwunden." Wir saßen im Dorfgasthaus und tranken Wein. „Machte niemand auf. Ich hab´ schon das Schlimmste befürchtet. Später waren dann lauter komische Leute da, wie von einer Sekte oder so. Einheitsdress und herablassende Freundlichkeit. Sagten, der Toni sei verreist. Aber der ist auf die Butterseite gefallen, wie sein Freund auch. Und wir haben uns plagen müssen. Wenigstens sind wir nicht erwischt worden, damals..."

„....ich lebe jetzt in Holland", sagte Jutta Tlapac. „Da ist´s weniger stressig. Betreibe dort eine kleine Wäscherei. Mit einem Partner. Südmolukker. Gerade zweiundzwanzig. Tisch, Bett, Geschäft. Du kennst dich aus. Komm´ uns doch mal besuchen."

IV.

Ich hatte die Stadt wieder Richtung Norden verlassen, ich nähte meinen mittlerweile ganz ansehnlichen Geldvorrat sorgfältig in meinen Parka ein, bis auf einen kleineren Betrag, den ich in der Hosentasche mitführte, ich ließ keine Berührungsängste gegen Notunterkünfte aufkeimen, auch billige Gasthäuser, wo Weltenbummler verkehrten, waren für mich kein Tabu mehr, jedenfalls kein solches, dass ich es gleichsam als vorletzte Zuflucht betrachtete, vor der letzten, nämlich den Pfarrer aufzusuchen und ihn um mein Geld zu bitten. Die allerletzte, nämlich die behördliche Rücküberstellung in mein Elternhaus, war meinem Willen nicht unterworfen, doch hatte ich in der Vergangenheit deutlich zu spüren bekommen, wie schnell - und nachhaltig - es letztendlich gehen konnte, dass eben jener Wille ausgeschaltet ist; ich musste tunlichst vermeiden, irgendwo ohne Geld, - welches vorzuzeigen nicht in meiner Absicht liegen konnte - beziehungsweise Ausweispapiere - die ich bekannterweise längst vernichtet hatte - aufgegriffen zu werden; ARNO MICHAEL SCHMAL konnte einer genaueren Personenüberprüfung nicht standhalten (sollte er auch nicht), langsam begann ich mich zu fragen, was aus dem wirklichen geworden sein mochte?

Jedenfalls ging ich, ausstaffiert wie einer, der Europa per Anhalter bereisen will, in nördlicher Richtung aus der Stadt, Wanderkarten besaß ich bereits, widerstand auch dem tränenreichen Versuch der SONNEN-NELKE, mich zu einem allerletzten Picknick mit dem Komponisten zu bewegen, es war zu offensichtlich, dass der Komponist insgeheim vergattert war, mich noch umzustimmen, vielleicht auch, mich von dem Haschischhandel abzuziehen, temporär, bis sich alles, sprich unsere Beziehung wieder eingerenkt haben mochte, die beiden kannten sich gut, zu gut, ein Teil von mir hatte durchaus Wohlgefallen gefunden an jenem bequemen Leben, schon lange hing nicht mehr die Möglichkeit der Strafverfolgung wie ein Damoklesschwert über mir, je mehr Steaks man isst, umso höher ist die Gefahr einer Fleischvergiftung, - kurz, ich musste weg, mich keinen weitschweifigen, ermüdenden Diskussionen ausliefern, sondern, nach jener freiwillig-unfreiwilligen Pause, wieder meiner eigentlichen Profession nachgehen, dem LANDSTREICHERTUM. Gekräftigt von monatelangem, reichlichen Essen und Trinken, gelockert von geregeltem Sexualleben und leidlich mit Mitteln ausgestattet, begab ich mich wiederum auf Wanderschaft, fest entschlossen, den Versuchungen und Verlockungen zu widerstehen und den Gefahren zu trotzen, die sich mir erneut buchstäblich in den Weg stellen könnten; ich war guten Mutes.

Ich sollte meine LANDSTREICHER-Prüfung bestehen. Ohne es direkt anzustreben, gelang es mir, fast den gesamten Winter zu verbringen, ohne offizielle Notschlafstellen aufsuchen zu müssen, ich ging, langsam aber stetig, die neugewonnene Kraft musste erst umgesetzt werden, in besagter, nördlicher Richtung, streifte in schöner Herbstzeit einen Gebirgszug, übernachtete in Scheunen und Schuppen, teils auch auf Höfen, wo ich um Essbares vorsprach, gelegentlich wurde mir auch ein Lager zugewiesen, jedoch verdingte ich mich nicht als Erntehelfer, obwohl die Jahreszeit es zugelassen hätte, zu groß war die Gefahr des Sesshaft-Werdens, zu groß die Gefahr, sich mit einer willigen Magd auf dem Heuboden zu wälzen, immerhin hatte ich Blut geleckt, war sexuell kein unbeschriebenes Blatt, durchaus nicht von einem - in diesem Zusammenhang ziemlich idiotischen - Treueschwur gegenüber der SONNEN-NELKE beseelt, - ich hatte nicht vor, sie wiederzusehen - nur wollte ich nicht innehalten, nicht erneut, diesmal aus freien Stücken das gerade begonnene LANDSTREICHERLEBEN wieder aufgeben, für einen vergänglichen Sinnentaumel, oder wie man es sonst nennen mag. In den ersten Wochen vermisste ich die SONNEN-NELKE durchaus, zumal in physischer Hinsicht, wir waren in der letzten Zeit fast rund um die Uhr zusammen gewesen, allenfalls saß ich stundenweise auf Bänken oder in Gastgärten, wenn sie ihre Schneiderin besuchte, doch in der Regel gab sie vor, was gemacht werden sollte, wohin zu fahren war, und ich ließ es geschehen, fügte mich, ohne daran etwas auszusetzen; denn sie meinte es gut mit mir.

Durch Zufall entdeckte ich einige Wochen später mehrere bewohnbare Höhlen, in einer Gegend, in der ich es nicht vermutet hätte, denn sie war relativ dicht besiedelt, fast schon faserige, südliche Ausläufer der Hauptstadt, Dörfer,

Marktflecken mit kleinen Geschäften, auch Bahnhöfen und Busverbindungen. Der Herbst war weiter fortgeschritten, es herrschte kühles, nasskaltes Wetter, - wieder hatte ich aufgehört, Tage und Wochen zu zählen, verließ mich auf die Witterung des Naturmenschen - ich beschloss, die Höhlen näher in Augenschein zu nehmen, um eventuell eine als Winterquartier auszusuchen, wenn sie mir geeignet erschien. Den Gedanken hatten allerdings schon andere. In der nächsten Zeit sollte ich auf Menschen treffen, die mit meiner Definition vom Landstreichertum nicht das geringste gemein hatten und dennoch, nichtsdestotrotz, LANDSTREICHER waren. Es gab in jener Zeit noch Kriegskrüppel zuhauf, fünfzig- bis sechzigjährige Invaliden, die den Anschluss verpasst hatten, die Welt nicht mehr verstanden, bettelten, stahlen und räsonierten, rechthaberische, intolerante, aufgeblasene Giftschleudern, die aufgrund ihres Gebrechens Schonung einforderten, die ihnen doch eher selten zuteil wurde, oftmals wurden sie grün und blau geschlagen und brachen in kaum vorstellbares Geheul aus; hier, bei den Höhlen fielen Menschen förmlich aus allen Konturen, ich wurde Zeuge entsetzlicher Schreiduelle, primitiver Raufhändel und brutaler Messerstechereien; ich war aus dem Umfeld der SONNEN-NELKE einiges gewohnt, die friedliche Verblödung der Haschbrüder und –schwestern, weltanschauliche Verschrobenheiten der LSD-Schlucker, auch die komatöse Unansprechbarkeit der Pillen-Freaks, monologisierende Dauergäste aus Irrenhäusern und Gefängnissen, Zinker und Zuhälter, Strichkatzen und Bauernfänger, auch die zunächst noch vereinzelt auftretenden Fixer, nicht eben wohlgelittene, farblose Eckensteher, die ihr Gift in Empfang nahmen und alsbald wieder im Dunkel der Nacht verschwanden; - doch war dies alles nichts gegen die dumpf wabernde Aggression, die mir aus jenen Höhlen entgegenschwappte, lauter zeternde, spuckende, halb vertierte Alkoholiker, die sich da in ihrem Elend und ihren Exkrementen suhlten; ich musste einen Weg finden, mich davonzustehlen, noch tat man mir nichts, doch die Stimmung konnte jederzeit ins Gegenteil umschlagen. Die erste, von solchem Gelichter bewohnte Höhle, in die ich geriet, war eine ausschließliche Männergesellschaft. Alle schimpften eintönig auf „die Weiber", jeder bedrängte mich mit seiner Geschichte, Hasstiraden alternder Männer, die sich „hatten nie etwas zuschulden kommen lassen"; das war mir nun leidlich egal. Wortlos hörte ich mir die Suaden an, aß meinen mitgebrachten Laib Brot und schickte mich an, wieder zu gehen. Alle hießen mich, doch zu bleiben, es waren ungefähr sechs oder sieben verwahrloste Gestalten; es klang mehr wie eine Drohung, als wie eine Einladung. Ich schulterte mein Bündel und bahnte mir den Weg ins Freie.

Die zweite Höhle, die ich fand, war offensichtlich unbewohnt. Es roch eigentümlich ledrig, eine verlassene Feuerstelle deutete möglicherweise auf ein länger zurückliegendes Unglück hin, - an diesem Platz hätte nie und nimmer ein Feuer gemacht werden dürfen - der Geruch störte mich weniger als die Ausdünstungen der Menschen in der letzten Höhle, ich markierte sie, indem ich in scheinbarer Unordnung Steine und Hölzer neben dem Eingang drapierte, jeder, der hier einstieg, musste sie durcheinanderbringen; schließlich wollte ich mich vor unliebsamen Überraschungen schützen, hier verkehrten unberechenbare Zeitgenossen.

Die dritte Höhle - die vorerst letzte, die ich fand - untermauerte diese These auf das Stärkste. Ein gutes Dutzend verwahrloster und verwilderter Gestalten gaben sich hier ein Stelldichein, auch ein halbwüchsiges Kind unbestimmbaren Geschlechtes kroch zwischen Unrat herum, zwei dürre Frauen mit fast schon wasserkopfartig aufgedunsenen Gesichtern kauerten am Boden und stierten blöde vor sich hin; ich grunzte einen Gruß, oder was man dafür halten konnte, eigentlich gab es hier niemanden zu begrüßen.
„Hat man dich drüben rausgeworfen?" Eine lallende, poltrige Stimme erreichte mich von rechts, wie von weit her, ich hatte ihren Träger noch nicht gesehen, jetzt trat er näher. Es war ein Hüne von etwa fünfzig Jahren, mit struppig wucherndem Haupt- und Barthaar, gelblich-grau in der Färbung, von schmutzstarrender Kleidung und ekelerregender Ausdünstung; er trat von der Höhle ins Freie - ich stand noch an der Schwelle - und musterte mich mit tückischem Blick aus kalten, wasserblauen Fischaugen.
„Was willst du? Wir sind voll hier!" Da mochte er recht haben,

auch im übertragenen Sinne. „Es sei denn, - vielleicht - du lässt was springen!?" Er war nicht aus der Gegend, der Mann kam aus dem hohen Norden, von der Waterkant, ein gestrandeter Hans Albers, ich musste lachen. Zunächst glotzte er verdutzt, - der Kerl war so betrunken, dass er sich kaum auf den Beinen halten konnte - dann lachte er mit, das polternde Lachen des Alkoholisierten, ohne Sinn, ohne Heiterkeit, hyänenhaft, grenzdebil. Er hieb mir mit seiner schmutzigen Pranke auf die Schulter, „komm rein, du bist richtig!" bramarbassierte er und schob mich in die Höhle; aus irgendeinem Grund ließ ich es geschehen.

Er sagte, er sei der Stefan, wiederholte es schließlich so oft, als würde er es selber bezweifeln und müsse sich deshalb ständig aufs Neue einreden, dass er eben der Stefan sei; mir war leidlich egal, wie der Mensch hieß. Meinerseits stellte ich mich als Arno vor, ich kann nicht sagen warum. Offenbar hatte es sich in mir festgesetzt, dass ich mich bei jenen, denen ich meinen richtigen Namen nicht sagen mochte, mit ARNO vorstellte, auch mit ARNO MICHAEL SCHMAL, mir begann der richtige Träger dieses Namens langsam leid zu tun. Auch musste ich bei jenem Säufer den angegebenen Namen an die zwanzig Male wiederholen, da er jedesmal, wenn er sich erneut als Stefan vorstellte, auch wieder meinen Namen wissen wollte, beziehungsweise meinen vermeintlichen. Ich erfuhr von ihm, er sei ein Hilfslehrer gewesen, ein Sportlehrer-Gehilfe aus Bremerhaven, der irgendwo auf dem Flachland, in der norddeutschen Tiefebene, seiner Hilfstätigkeit nachging, bis man ihn hinauswarf. Großpurig betonte er, er habe sie „alle gefickt", Männlein wie Weiblein, alte wie junge, er sei „der beste Ficker von ganz Europa" gewesen, nur deshalb sei er von seiner Hilfstätigkeit abgezogen worden, später eingesperrt, alle wären nur neidisch gewesen, alle hätten sich gegen ihn verschworen gehabt, jeder wollte ihm „eins reinwürgen", dabei hätte er nur getan, was alle von ihm erwartet hätten, die Menschen seien undankbar und feige. - Ich hörte mir jene selbstmitleidsvollen Betrachtungen eine Zeitlang an, besah leidenschaftslos die übrigen Höhlenbewohner, die anfangs neugierig um mich herumlungerten, aber bald wieder auf ihre Plätze

116

zurückkehrten; wenig später machte ich mich ebenfalls aus dem Staube.

Zwar gewahrte ich, dass die zweite Höhle immer noch leer sein musste, - meine präzise Anordnung verschiedener Steine und Äste war unversehrt - doch war ich noch nicht müde, wollte einfach weiterziehen, irgendwohin, durch die Gegend, dass es Nacht wurde, störte mich nicht, meine Augen waren die Dunkelheit gewöhnt.

Eine tiefe Nachdenklichkeit bemächtigte sich meiner, als ich in jener Nacht meines Weges ging, ich hatte bei den primitiven, völlig verwahrlosten Gestalten in den Höhlen plötzlich etwas erkannt, was mich schmerzte, was ich weder als Wandervogel in der Weinbauregion noch als Opfer jenes unseligen tätlichen Angriffs, noch als Haschisch-Portionierer im Umfeld der SONNEN-NELKE so deutlich zu spüren bekommen hatte: Es gab LANDSTREICHER, die gar keine sein wollten.

Der hehre Beruf des LANDSTREICHERS, ein brotloser, da keinen materiellen Verdienst abwerfend, einem Bettelmönch oder Wanderderwisch vergleichbar, war von jenen abgerissenen Gestalten niemals angestrebt worden. Sie wurden Landstreicher wider Willen, verkamen an ihren falschen Selbsteinschätzungen, am Schmutz, am Alkohol, zogen durch die Lande auf der Flucht vor sich selber, fallweise auch vor Strafverfolgung, vor dem Irrenhaus, in ständiger Berauschtheit keine meditative Erleuchtung erfahrend, sondern völliger Verblödung anheimfallend; die Gefahren des Landstreicher-Daseins waren mannigfach. - Es zog mich plötzlich wieder in die Hauptstadt, zu Bahnhöfen und verwelkten Grünanlagen; ich brauchte eine Denkpause.

Die Stadt tat ein übriges, um mich weiter aus der Bahn zu werfen. Nicht, dass ich mich mit ähnlichem menschlichem Treibgut gemein machte, wie ich es in den Höhlen vorgefunden hatte, nicht, dass ich meinerseits nun übermäßig zur Flasche griff oder mir Rauschgifte besorgte, meine unter nicht geringem Risiko zusammengesparte Barschaft drangebend, nein; die Gefahren des Stadtstreichertums waren für mich andere: Zunächst begann ich binnen kürzester Zeit die Orientierung zu verlieren in jenem Chaos aus Formen,

Farben, Gerüchen und Geräuschen, welches der Großstadt eigen ist, das Gedröhn des Verkehrs in den Straßen setzte mir in gleichem Maße zu, wie mich die stampfende Rockmusik auf meinen nächtlichen Streifzügen mit der SONNEN-NELKE beruhigt hatte, das Diktat von Uhren, Wochentagen und Fluchtreflexen ist nirgends so prägnant und unmittelbar erfahrbar wie in einer Bahnhofsgegend, ich musste meine erlernte Witterung anlässlich des permanenten Gestanks zurückschrauben, ich kam mir vor wie ein eingefangenes Wildtier, eingesperrt in einen Käfig voller unerwünschter Artgenossen; schließlich las ich, gleichsam nebenher, auf dem von einem Straßenhändler feilgebotenen Boulevardblatt das Datum des Tages, ich erschrak. In wenigen Tagen wurde ich zwanzig Jahre alt.

Es war für mich der vollkommene Rückschritt, Desillusion pur, ein LANDSTREICHER hat sich nicht um Alter und Herkunft zu kümmern, es sind dies Nebensächlichkeiten, die es zu überwinden gilt, schlagartig wurde mir klar, wie stark mein Schock über die Lebensform der Höhlenmenschen gewesen sein musste, dass er mich sogar in die Stadt getrieben hatte, die fundamentale Verunsicherung des LANDSTREICHER-Lehrlings aufgrund der Konfrontation mit dem vorläufigen Endstadium missverstandenen Vagabunden-Daseins; ich konnte getrost noch einmal von vorn beginnen.

Tagelang irrte ich ziellos nächtens durch Vororte. Meine Überlegung war, die kalten, bereits frostigen Nächte zu durchwandern, ich hörte von fernen Gehöften Hunde bellen, begegnete teils lustigen, teils streitenden Halbstarken, sie mochten in meinem Alter sein oder nur unwesentlich jünger, beobachtete Schieber bei ihren verstohlenen Geschäften, ohne ihnen zu nahe zu kommen, tapste durch Schneeregen und rutschte auf Glatteis aus; tagsüber hielt ich mich in Wartehallen oder Garküchen auf, döste dort, bis man mich hinauswarf, die Räume waren leidlich geheizt, ich schlief, so man mich ließ, um in der Nacht nicht zu erfrieren. Meinen Armee-Schlafsack und das meiste meiner Habe hatte ich bei der Gepäckaufbewahrung deponiert, die Pistole des Komponisten in einem Schließfach weggeschlossen; ich hatte nicht vor, sie in der Stadt zu benutzen.

Eines Morgens fand ich mich auf dem Markthallengelände, nach stundenlangem, teilweise forciertem Gehen, denn die Nacht war fast klar und entsprechend kalt. Möglicherweise wollte ich die SONNEN-NELKE treffen, auf dass sie einmal erneut die gute Fee für mich spielen sollte, möglicherweise sehnte ich mich unbewusst nach ihrem warmen Körper, was Wunder, mit meinen zwanzig Jahren, sie war meine erste und einzige Frau gewesen. Es herrschte reges Treiben, Vorweihnachtszeit, ich fragte den nächstbesten nach MURAD, doch meine Stimme klang fremd, sie holperte und stolperte, quietschte und ruckte, um dann gänzlich zu ersterben; der Mann ließ mich stehen. Es war finster und kalt, die hektische Betriebsamkeit verunsicherte mich vollends, dort, wo ich Murads Wellblechhütte vermutete, war sie nicht, anscheinend wurde sie im Winter abgebaut, möglicherweise brauchte man auch Murad nicht mehr.

Schließlich fand ich einen, der aussah wie ein Türke. „Ich suche Murad!" Nun schrie ich, brüllte fast, ich konnte meinen Stimmpegel nicht dosieren. - „Welche Murad?" Der Mann schaute mich belustigt an.

„Den dicken Murad! Den mit dem Schnauzbart! Der im Sommer in der Hütte war, draußen." Nun sprach ich ruhiger und leiser. - „Nix verstehn. Hier viele Murads. Manche dick, manche nix dick. Alle Schnauzer. Türken..." Es klang abfällig, offenbar war er doch keiner. Ich gab auf und schlenderte von dannen, um sechs Uhr sperrten die ersten Wartesäle auf. Das Diktat der Zeit hatte mich bereits im Griff.

Später landete ich dann im Männerwohnheim, in dem der taube Großvater wohnte, hier hatte ich Glück, der alte Mann war da, schmorte, wie immer, Gemüsekonserven, angesichts des herannahenden Winters mit Speck und Zwiebel, dickte das Ganze mit Maisstärke und schob mir auch einen Teller davon hin; ich aß ihn dankbar leer. Auch zur Opiumpfeife lud er mich ein, drückte mir gar eine Teedose voll Mohnstroh in die Hand; er baute den Schlafmohn selber an, in einem versteckten Garten oder auch in einem Gewächshaus, schließlich war er Gärtner, wenn die Zeit gekommen war, ritzte

119

er seine Kapseln und verarbeitete sein Produkt weiter, für den Eigenbedarf, für Freunde, kommerzielle Interessen hatte er keine. Wir sprachen kaum, da er nichts hörte, auch seine Enkelin vermisste er nicht, sein Spind war noch randvoll mit jenen Büchsenbohnen und –erbsen, dass er das halbe Wohnheim den Winter über versorgen konnte, wenn er denn wollte; vor einem flimmernden Schwarzweißfernseher im Gemeinschaftsraum ließen wir uns auf einem löchrigen Sofa nieder, bald war ich im grünen Tal sanft wogender Wiesen angelangt, der Dämmerzustand restloser Zufriedenheit, ein Lichtblick im Dunkel des Zweifels an meiner Berufswahl, vielmehr der Gestaltungsmöglichkeit des LANDSTREICHER-LEBENS, nagende Ungewissheit, auch Trauer, Melancholie, gelindert durch Opium; hier lauerte durchaus eine Gefahr. Schweigend schauten wir uns das Nachmittagsprogramm an, ohne genau zu registrieren, was eigentlich lief, zumindest der Alte mochte kaum verstehen, was der krächzende Lautsprecher von sich gab, ich wiederum verstand es akustisch durchaus, während ich geistig ganz woanders war, auf einer Art Aussichtsplattform, von wo aus ich mit schelmischer, aber durchaus liebevoller Distanz auf uns zwei Sofasitzer herabblicken konnte, großmütig bedachte ich jene alten, geschundenen, abgerissenen Gestalten, die hier ein- und ausschlurften, mit Sympathie, neckisch zog ich an den Fäden einer Marionette, ließ mich ein Bein über das andere schlagen, sieh an: es klappte.

Als einige Stunden später das Kinderprogramm einsetzte, verließ ich langsamem, gemessenen Schrittes jene Aussichtsplattform, schlüpfte wieder in meinen Körper und verabschiedete mich von dem Alten. Es war bereits finster und hatte zu schneien begonnen, matschiger, nasser, ekliger Schnee; doch ich ging guten Mutes durch die winterlichen Straßen.

Es war das letzte Mal, dass ich den Großvater zu Gesicht bekommen sollte. Als ich ihn wenige Tage später besuchen wollte, hörte ich, er sei zu seiner Enkelin gefahren, über den Jahreswechsel, möglicherweise komme er überhaupt nicht mehr. Ein untersetzter Blondschopf mit heimtückischen, bösartigen Gesichtszügen, offenbar der Heimleiter, forderte mich in barschem Ton auf, die Sachen des Alten doch mitzunehmen, sie seien hier keine Gepäckaufbewahrung, gerade über die Feiertage brauche man hier jedes Bett und jeden Spind, schließlich habe der Alte eine Enkelin, die ihn auch den Rest des Jahres beherbergen könne und so fort, in dem gleichen, gereizten Tonfall eines Menschenverwalters, der eben diese Menschen zutiefst verachtet.

Es sind dies die seltenen Glücksfälle im Leben eines Landstreichers, vielmehr Stadtstreichers, der ich jetzt zwischenzeitlich war. Von den Dutzenden Konserven konnte ich annähernd den ganzen Winter über zehren. Abermals hatte mich die SONNEN-NELKE, wenn auch diesmal unbewusst, durch eine Verkettung von Zufällen, gerettet; denn sie hatte bekanntermaßen jene Dosen zusammengestohlen, die ich jetzt, nebst anderen Dingen, die ich wiederum nicht brauchen konnte, übernehmen sollte.

Natürlich stellte sich die Frage, wie ich den Abtransport regeln sollte, überdies ging es mir gegen die Natur, die Kleidung und möglicherweise persönliche Dinge des Alten einfach mitzunehmen, doch wurde ich eines besseren belehrt, denn er hatte nichts. Die wenigen Papiere, die er besaß, hatte er offensichtlich mitgenommen, Kleidung und Waschzeug war ihm gestellt worden, außer den Lebensmitteln fand sich lediglich ein Hörgerät, - er hatte es nie in meinem Beisein benutzt, die Batterie war leer - eine Bibel in kyrillischer Schrift, - vielleicht war er orthodoxer Christ - eine hölzerne schwarze Pfeife und - ich traute kaum Augen und Nase - eine Zündholzschachtel mit einigen Gramm seines selber fermentierten Opiums. Mir schwante mittlerweile, dass er tatsächlich nicht mehr zurückkommen wollte; vergessen hätte er es kaum.

Mühsam schob ich einen großen Einkaufswagen durch den Dezemberabend, randvoll mit Dosenfutter, ohnehin hatte ich einige zurücklassen müssen, die Leute wollten sie nicht haben und winkten mürrisch ab, ich stellte sie in das Büro des gerade abwesenden Heimleiters; der Weg war weit, anstrengend und teilweise abschüssig, ich hatte keine andere Idee, als das Zeug am Bahnhof zwischenzulagern. Die Stadt hielt mich nicht mehr, ich beschloss, mir jene Höhle bewohnbar zu machen, die von den anderen gemieden wurde; ohnehin dürfte sich das Gelichter etwas dezimiert haben, es war schon merklich kühler geworden.

Als ich bei den Höhlen ankam, setzte Tauwetter ein, doch hatte ich lediglich Proviant für wenige Tage, gefasst auf Eventualitäten, mit denen ich im Höhlengebiet rechnen musste. Ich watete durch Schlamm und Morast, einige Polizeifahrzeuge fuhren mit hoher Geschwindigkeit an mir vorbei, augenscheinlich suchten sie jemanden, das Versteck in jenen Erdlöchern dürfte amtsbekannt sein. Nun konnte mir an einer Konfrontation mit der Ordnungsmacht nicht gelegen sein, meine Barschaft hätte zwar einer oberflächlichen Perlustration standgehalten und wäre unentdeckt geblieben, doch hatte ich das Opium des Alten achtlos in die Hosentasche geschoben; zu schade, um es wegzuwerfen, zu viel, um es auf einmal hinunterzuschlucken. Die Herkunft der Konserven, ein knappes Dutzend, wäre wiederum schlüssig erklärbar gewesen, hatte sie mir doch jener unsympathische Heimleiter regelrecht aufgedrängt, und dass es sich hierbei eindeutig um Diebesgut handelte, verlor sich im Dunkel der letzten Monate; trotzdem, ich verlangsamte meine Schritte merklich, pirschte mich förmlich heran an den Ort des Geschehens, lugte verstohlen hinter einem Busch hervor, drei Polizeiautos mit Schneeketten und eingeschaltetem Blaulicht flankierten die größte der drei Höhlen, es herrschte Tumult, Stimmengewirr, entsetzliches Gezeter und Gebrüll, auch näselndes Greinen wie von Klageweibern, von weit her ertönte schließlich eine dumpfe Sirene, sie kam näher mit tosendem Lärm, ein Militärtransporter, offenbar angefordert, um sämtliches, menschliches Strandgut aus jener Höhle abzutransportieren.

Ich duckte mich tiefer ins schlammige, morastige Unterholz, robbte näher, spitzte die Ohren, was mochte der Anlass sein für jene groß angelegte Delogierungsaktion aus stinkenden Erdlöchern, gesuchte Verbrecher hätte man separieren können, die wenigen Kinder, die hier unter wahrlich nicht idealen Bedingungen einer trostlosen Zukunft entgegen dämmerten, bedurften nicht des Militärs, sondern eines beherzten Sozialarbeiters; allein, unter brutaler Zuhilfenahme des Gummiknüppels wurden die Höhlenbewohner in den Mannschaftswagen getrieben, vereinzelt wurden Naziparolen laut, das Geplärre der Betroffenen ließ schließlich nach, sie fügten sich in das Unvermeidliche.

Abermals schien ich das große Los gezogen zu haben. Obwohl ich das Vorgehen der Staatsmacht gegen jene armen Teufel weder begreifen noch billigen konnte, so konnte ich doch froh sein, in der nächsten Zeit nicht - oder zumindest kaum - von den nervtötenden Zeitgenossen belästigt zu werden. Geraume Zeit wartete ich, sicherte, nahm Witterung auf, besah die tiefen Furchen, die die Fahrzeuge in den Schneematsch gegraben hatten, bewegte mich nicht, denn hier waren noch Menschen in der Nähe.

Eine weibliche Gestalt kroch auf allen Vieren durch den Morast auf die Höhle zu. Sie war höchstens fünfunddreißig, wirkte aber wie sechzig. Auch sie musste meine Gegenwart die längste Zeit gespürt haben, fast streifte sie mich. „Sind sie endlich fort" , eine lapidare Feststellung, ausdruckslose schwarze Knopfaugen unter einem Gebüsch vorzeitig ergrauter Haare, in schmutzstarrender Kleidung, gefolgt von einem vielleicht achtjährigen Buben mit dunkler Gesichtshaut und dem flackernden Blick des gehetzten Wildtieres, so kauerte sie vor mir, gleichgültig, verwahrlost, apathisch, ohne Trotz, ohne Zorn, schicksalsergeben.

„Weißt du, ich verstecke mich immer, wenn sie kommen. In letzter Zeit kommen sie oft. Dann wieder seltener. Ich könnte mit, der Goli auch. Vielleicht besser, aber ich will nicht. Weiß nicht, wie lange ich schon hier. Mein Kopf ist verdörrt und meine Beine tragen mich nicht mehr. Aber ich habe Angst. Sie stecken Goli in Heim und mich in Spital. Und ich mag nicht in ein´ Haus leben. Brauche Platz, Luft, Wetter egal. Bleibst du hier? Hast du zu essen?" Eine böse Ahnung beschlich mich, doch sie legte beschwichtigend eine lehmverschmierte Hand auf meinen Unterarm.

„Nicht für mich, nein, du sollst mich nicht missverstehen! Für mein´ Jung, für mein´ Goli! Goli ist guter Junge, er kann fangen Mäuse, Hasen, Igel, hat schon gebracht ein Huhn. Huhn haben uns die andern wieder gestohlen. Aber jetzt ist schlecht mit Fangen, ist doch nix mehr da, vielleicht Fische, Marder, Vögel. Schwierig jetzt..." Sie sprach in einem singenden, weichen Tonfall, sie mochte aus dem Südosten Europas oder auch von viel, viel weiter her kommen, sie interessierte mich nicht, ihr verstörter Goli ebenfalls nicht, doch war mir klar, dass ich den beiden nicht entkommen konnte, solange ich hierblieb. Schweigend inspizierte ich die erste Höhle, aus der man die Bewohner soeben abtransportiert hatte; hier hatten die Vandalen gehaust. Auf einen Blick sah ich, dass Goli und seine Mutter hier noch für mehrere Tage Essbares finden konnten, wenn sie nur danach suchten, offenbar gingen sie den Weg des geringsten Widerstandes, versuchten, mein Mitleid zu wecken, vergeblich, denn ich hatte keines. Stumm ging ich den Weg durch den aufgeweichten Waldboden zu zweiten Höhle, die von den andern gemieden wurde, die beiden folgten mir auch dorthin.

Schneeregen hatte eingesetzt, ein warmer Wind fuhr durch die Bäume, die Höhle war trocken und unbewohnt, ich hatte nichts anderes erwartet. Langsam und bedächtig packte ich Werkzeug aus, schnitt Zweige und Äste, richtete mir ein Lager, Regale und einen kleinen Vorbau, pedantisch wählte ich in einiger Entfernung eine Feuerstelle, schon länger registrierte ich belustigt, dass ich aus sicherer Entfernung beobachtet wurde, von Goli und seiner Mutter, - ich nahm einmal an, dass es seine Mutter war, obwohl ich keinerlei Ähnlichkeit hatte feststellen können - angestrengt sann ich auf eine Möglichkeit, die beiden loszuwerden.

Nun war die Angst in ihrem Gesicht greifbar, auch die Angst des Jungen war stärker geworden, die flackernden Augen weit aufgerissen, beide waren starr, eingefroren, personifizierte Angst, der Fluchtreflex erloschen, was ich bei ihr nunmehr nachvollziehen konnte, denn sie hatte sich aufgerichtet, mit beiden Händen auf einen Aststock gestützt, ihre Beine trugen sie wahrlich nicht mehr, denn sie waren dick. Es waren die dicksten Beine, die ich jemals bei einem menschlichen Wesen gesehen hatte, krankhaft aufgeschwollen, nutzlos, wahrscheinlich trugen sie nicht einmal mehr sich selber, geschweige die Frau, zu der sie gehörten. Obwohl sie bis knapp unter die Knie in Pluderhosen steckten, schienen sie auch dieses geräumige Kleidungsstück auszufüllen, schrundige, verschrammte, von Nekrosen übersäte Waden vom Umfang eines Kinderleibes mündeten in schwarze, löchrige Gebilde, welche irgendwann einmal Spezialschuhe gewesen sein mochten; zweifelhaft, ob sie ihren Zweck noch erfüllten.

„Das darfst du nicht, das darfst du nicht!" zeterte sie. „Mara meint gut mit dir! Nicht dort, nicht dort! Das darfst du nicht! Niemand darf!" - „Ich darf das schon", beschied ich ihr trocken und setzte in gemächlichem Tempo meine Arbeit fort. „Er ist wahnsinnig! Er versteht nicht! Er stört die Toten! Wir müssen alle sterben! Goleh, komm, fort!" stammelte sie, sank schnaufend und stöhnend wieder auf die Knie, wobei sie sich an dem schweren Aststock festhielt und robbte auf allen Vieren den Weg zurück, den sie beide gekommen waren, gefolgt von einem torkelnden Goli, der Schreck schien ihm die Körperbeherrschung geraubt zu haben.

Am Abend saß ich noch eine Zeitlang vor meiner Höhle. Mara - so hieß sie also - musste offenbar doch die Nachbarhöhle durchstöbert haben, ich hörte aus dieser Richtung schrecklich- schaurige Klagegesänge, entsetzliche, jammervolle Tiraden eines verwirrten Geistes, der nicht mehr ganz von dieser Welt zu sein schien, schon ertappte ich mich dabei, dass sie mir leid zu tun begannen in ihrem Elend, ihrer Verkommenheit und ihrer Wirrnis, Mutter und Sohn (oder was auch immer), verloren tapsend in einer Welt, die sie kaum begriffen, dabei gefangen in Angst, Wahn und Geisterglaube, ein Erlöser hätte mit ihnen leichtes Spiel gehabt. Im Schein einer starken Handlampe, wie sie auch von nächtlichen Suchtrupps verwendet wird, füllte ich mir eine Pfeife mit Mohnstroh, las noch eine Weile in alten Zeitungen, bevor ich mich in den Armeeschlafsack rollte. Die Gesänge wurden schwächer, erstarben schließlich zu einem immer noch weit hörbaren Gewimmer, bis auch dies verstummte.

In der Nacht war der Schneeregen vollends zu Regen geworden, ein unnatürlich warmer Wind hatte den Schnee bis auf vereinzelte Flecken fast völlig zum Schmelzen gebracht, von den Bäumen tropfte es, Feuchtigkeit kroch mir in die Knochen, ein trüber, windiger Tag kündigte sich an, der Regen ließ nach. Schweigend sammelte ich Holz, um es in einer Ecke der Höhle trocknen zu lassen, aus sicherer Entfernung von Goli beobachtet, dann und wann warf ich einen Knüppel in seine Richtung, er huschte fort, um bald darauf wiederzukommen.

Die Wintermonate weitgehend unbeschadet im Freien zu verbringen, setzt voraus, dass man seinen Stoffwechsel auf ein gerade noch vertretbares Maß herunterfährt, wie ein Tier, welches Winterschlaf hält. Instinktiv sah ich das ein, wusste, dass es mir nur mit Hilfe von Meditation gelingen konnte, einer komplexen, inneren Sammlung, eisernem Willen und untrügsamem Gespür für die Grenzen. Ich hatte nie irgendeine Technik gelernt, war ganz auf mich allein gestellt, Mara und ihr Goli mochten andere Überlebenstechniken anwenden, die mich nicht interessierten, - und die zumindest ihr nicht gerade wohl bekommen waren - bis knapp vor Jahresfrist war ich gewohnt gewesen, in einem Haus mit anderen Menschen zu leben, in einem nach Landessitte ausgestatteten Bett zu schlafen; Heizung, Wasser, Licht sowie geregelte Mahlzeiten, die Errungenschaften der Zivilisation dürften Mara und Goli, wenn überhaupt, nur kurz zuteil geworden sein. Darum beneidete ich sie beide ein Stückweit durchaus, doch waren unsere Erlebniswelten andere, nun mieden sie mich fast ganz, nur Goli kam selten in meine Nähe, wenn ich Feuer machte oder dem Wald etwas abzutrotzen versuchte; sie dürften, ja mussten mich für einen Abgesandten des Teufels halten, vielleicht auch für den Leibhaftigen selber, der auf ihre armen Seelen scharf war (obgleich ich sie nicht für Christen hielt); kurz, mit irgendeinem Dämon musste ich im Bunde stehen, sonst hätte mich eben dieser Dämon längst geholt; ich hatte Glück, auch die nächtlichen Klagegesänge wurden leiser.

Inzwischen hatte ich meine Vorräte zur Gänze in die Höhle

verfrachtet, bei einem Trödler erstand ich für wenig Geld einige Decken und Felle, einem alten Inder schwatzte ich einen zerschlissenen Gebetsteppich ab, besorgte Kerzen, Batterien für die Handlampe, Patronen für den Gaskocher, Zündhölzer, Brot, Speck und Dosenfleisch. Ich tat auch etwas, was mir im Grunde gegen den Strich ging, ich rief bei der Polizei an, - eine andere Anlaufstelle kannte ich nicht - beschrieb die Lage der Höhle und informierte den Mann am anderen Ende des Drahtes, dass dort eine offenbar geistesschwache Frau mit einem nicht eben gescheiteren Kind vor sich hin vegetiere; man möge doch einmal nachsehen. Ich sah keine andere Möglichkeit, mich der beiden zu entledigen, außer, sie zu erschießen, doch dazu hatte ich keinen Anlass. Nichtsdestotrotz traute ich ihnen nicht, in ihrem Geisterglauben legten sie Feuer, verbrannten meine Habseligkeiten und womöglich versehentlich sich selber, auch liefen sie Gefahr, zu verhungern, denn von mir nahmen sie nichts. In einer - eigentlich unverständlichen - Anwandlung von Großzügigkeit wollte ich sie unlängst mit einer Handvoll Konserven bedenken, während Goli sofort das Weite suchte, kauerte Mara im Höhleneingang und stieß, als sie mich gewahrte, ein schauderhaftes Geheul aus, beschwor in einer mir fremden Sprache alle ihr geläufigen Erdgeister, Höllenhunde, Götzen und Racheengel; allerdings: in ihren Augen war keine Furcht, sondern blanker Hass, nicht mehr trüb und gleichgültig, nicht furchtsam geweitet, blitzten sie nun kalt, wie scharf geschliffene Messer in meine Richtung; ich erschrak. Aus der Höhle quoll ein Gestank von Exkrementen, halb verfaultem Essen und Schnaps, welcher ihren Zorn beflügelt haben mochte; offenbar waren die beiden auf ein Alkoholdepot gestoßen. Kopfschüttelnd sammelte ich meine Dosen wieder ein, mit einem mulmigen Gefühl, wenn Blicke töten könnten, wäre ich nun eine Leiche, jene selbstmitleidig-wahnhaften nächtlichen Klagegesänge hatten nichts gefruchtet, die Dämonen, die mich heimsuchen oder vertreiben sollten, waren ausgeblieben oder zu schwach gewesen, nun regierte der Hass, geschürt von Schnaps, ohne letzteren wäre meine durchaus versöhnlich gemeinte Morgengabe nicht so gründlich missverstanden worden.

Es schneite viel in diesem Winter, allzu grimmiger Frost blieb mir jedoch erspart, ich machte mir den Schnee zunutze, indem ich eine Art Schutzwall um meinen Höhleneingang baute, eine mühsame Arbeit, die ich immer wieder unterbrechen musste; das Überwintern war anstrengend. Es hatte noch einige Tage gedauert nach meinem Anruf bei der Polizei, bis ich kurz nach Tagesanbruch das monotone Geräusch eines Motorfahrzeuges hörte, sofort ging ich ein Stück in den Wald hinauf, das Nahen der Ordnungsmacht beunruhigte mich, ich hatte gehofft, Mara und Goli bereits nach meiner Einkaufsfahrt hier nicht mehr vorfinden zu müssen, doch offenbar waren die beiden nicht sonderlich von Interesse, sie taten schließlich niemandem etwas, Golis allfällige Hühnerdiebstähle hatten ohnehin nach Einsetzen der Frostperiode Pause, und auch Maras Gefährlichkeit hielt sich in Grenzen.

Man konnte ihre Höhle bis an einen schmalen Gürtel aus Dickicht und Buschwerk über einen tief verschneiten Waldweg mit einem wintergängigen Fahrzeug leicht erreichen, ein mit Schneeketten ausgerüsteter Kombiwagen blieb nun dort stehen, allerdings handelte es sich um kein Polizeiauto, sondern um ein privates, dem ein kräftiger junger Mann und eine schlanke Frau mit Wollmütze entstiegen. Offenbar ortskundig durchmaßen sie zügig das Dickicht, zogen ohne viel Worte die völlig verdreckte Mara aus ihrer Höhle und verluden sie in den Wagen, Goli folgte artig wie ein geprügelter Hund, stieg aus freien Stücken zu Mara ein, gänzlich unspektakulär verschwanden die zwei Verlorenen aus meinem Leben; ich sah und hörte nie wieder etwas von ihnen.

Die Wochen vergingen in milchig-trüber Winterstimmung, ich lernte, mich in mich selber zu versenken, ich fror nicht, ich litt keinen Hunger. Doch das Verrichten der Notdurft wurde zum Parforceritt, um meinen Gaskocher in Gang zu bringen, benötigte ich wahrscheinlich eine gute halbe Stunde, allerdings waren mir Zeiteinteilungen wieder fremd, der Schlaf-Wach-Rhythmus war einem permanenten Trancezustand gewichen, Helligkeit streifte nur für wenige Stunden meinen Höhleneingang, meist kauerte ich im Dämmerlicht, aß, wenn ich glaubte, Hunger zu haben; ich hatte genug Vorräte. Kaum, dass Erinnerungen an mein früheres Leben vorbeihuschten, in meinen Visionen lebte ich gleichsam unter der Erde, ein genügsames Höhlentier, ohne Zukunft und ohne Vergangenheit; ich genoss es, zumindest in den wenigen Momenten, in denen es mir bewusst war.

Manchmal schien auch die Sonne. Dann raffte ich mich auf, mit zäher Beharrlichkeit, stütze mich auf jenen schweren Aststock, an dem sich einst Mara hochzog, sie hatte ihn zurückgelassen, wohl wissend, dass sie ihn dort, wo man sie hinbringen würde, kaum noch benötigte, ich hatte ihn an mich genommen, wohl ahnend, dass ich ihn einmal brauchen konnte. Scheinbar ziellos wankte ich mit tapsigem Schritt durch den lichten Wald, tankte Sonne und Luft, obwohl ich längst nicht mehr zielgerichtet dachte, kam ich dort an, wo ich hinwollte und fand anstandslos zurück, mein Instinkt trog mich nicht. Die solcherart gewonnene Energie hielt eine Weile an, diente dazu, die Körperkräfte nicht über Gebühr einschlafen zu lassen, manchmal fand ich auch Essbares, verzehrte es vor Ort oder warf es weg, ich litt keinen Mangel; vergangen, weit in der Ferne lag das Diktat der Zeit, immer seltener griff ich zum Mohnstroh, es barg Irritationen.

Die Tage wurden länger, ich machte öfter meine Spaziergänge. Einmal gelangte ich zu der dritten Höhle, die ich damals als erste gefunden hatte, insgeheim hatte ich sie die Männerhöhle genannt, ich schaute hinein, sie gähnte leer und verlassen. Doch ließ mich ein eigenartig stechender Geruch stutzig werden, ich entzündete eine Kerze und ging ihm nach. Je weiter ich jedoch in das Innere der Höhle gelangte, umso mehr verflüchtigte sich der Gestank, auch hielt sich meine Neugier in Grenzen, auf Leichen oder Kadaver zu stossen; ich kehrte bald um. Es fiel mir auf, dass die Höhle wesentlich wärmer war als meine eigene, um den Eingang war der Schnee bereits weggetaut, kurz streifte mich der ätzende Geruch ein zweites Mal, um dann endgültig zu verwehen; ich schlug einen anderen Weg ein.

Leute kamen und gingen, ein eigenartiger Menschenschlag, wie man sich Fallensteller in kanadischen Wäldern gemeinhin vorstellt, Aussteiger, Naturfreaks, wortkarge, wettergegerbte

Gestalten; die meisten hatten Schnaps mit, seltener etwas Haschisch, sie reichten Flasche oder Pfeife reihum, ich rauchte und trank mit, schwieg und meditierte. Es war an der Zeit, wieder aufzubrechen, die Vorräte reichten zwar noch eine Weile, doch war ich das Höhlenleben satt, meine geschwächten Gliedmaßen verlangten Bewegung, das erlahmte Hirn neue Reize.

Die restlichen Konserven ließ ich zurück, auch den Gaskocher, der schon nicht mehr richtig funktionierte, nach einem kurzen Abstecher in die Stadt, wo ich mich zwangsläufig neu einkleiden musste, zog ich diesmal nach Nordwesten, durch Wälder, Wiesen und Felder, wieder und wieder Weingärten, bis ich auch diese hinter mir ließ, der Frühling nahte, mein Geist war wach und frisch, die Selbstzweifel des Spätherbstes überwunden, auch das Opium war Vergangenheit, obzwar es mir den Zugang zur Meditation erleichtert hatte, war auf die Wirkung bald kein Verlass mehr gewesen; den letzten Rest hatte ich in der Stadt verzehrt, beim Kleiderkauf, um dem Diktat der Zeit nicht erneut anheim fallen zu müssen; die Rechnung war aufgegangen.

In jenen Tagen traf ich einen merkwürdigen Zeitgenossen, schlechthin einen Bilderbuch-Aussteiger, ein Autohändler, der mit Mitte Dreißig buchstäblich alles hinschmiss, fortan als Landstreicher lebte, diese Tätigkeit auch im Ausland ausübte, - er war bereits aus mehreren Ländern ausgewiesen worden - ein gewitzter, intelligenter Mensch, er hatte Geld, ich ebenfalls, aus spontaner gegenseitiger Sympathie machten wir in einem kleinen Ort halt, kauften uns Wein und Essbares, lungerten herum und fachsimpelten über Landstreicherei. Ich erfuhr viele Tricks und Kniffe, doch in der Regel waren es Geldbeschaffungs-Aktionen, ich hatte Geld, mehr als genug, weil ich kaum etwas ausgab, er sah wiederum einen gewissen Lebensinhalt in einem fragwürdigen Schmarotzertum, ein Wesenszug, der mich leicht irritierte und der ihm in der Folge auch übel ankommen sollte. Sein Vorschlag, zu fortgeschrittener Stunde im Dorfgasthaus ein Zimmer zu mieten, auf seine Kosten, hatte wiederum durchaus etwas für sich, die Nächte in der Gegend waren noch immer empfindlich kalt, ich ließ mich überreden. Das Zimmer musste er im voraus bezahlen, was Wunder, wir waren beide Landstreicher, doch war es dem Vermieter egal, er streifte sein Geld ein und gab uns wortlos einen Zimmerschlüssel. Mein neuer Bekannter machte mir sexuelle Avancen, er sei zwar nicht schwul, betonte er, doch welche Frau wolle schon mit einem Landstreicher vögeln, allenfalls eine völlig vereinsamte, die ihn dann zu behalten trachtete, koste es, was es wolle, da sei ihm denn doch die Freiheit wichtiger, mit einem Mann sei es problemlos, schnelle, gezielte Triebabfuhr, da müsse man sich nichts denken, auch mit Tieren sei es möglich, Ziegen, Schafe, größere Hunde, nur waren auch diese nicht immer verfügbar, wenn man gerade Lust hatte. Wir rieben uns gegenseitig die Schwänze, bis wir fast zeitgleich ejakulierten, ein seltsam emotionslos-mechanischer Akt, ich schlief bald darauf ein.

Als ich am nächsten Morgen erwachte, schnarchte er noch. Meine Sachen hatte er nicht angerührt, wenn ich also Teil einer seiner Geldbeschaffungsaktionen war, so musste er offenbar größeres mit mir vorhaben; ich trachtete, den Mann baldmöglichst loszuwerden. Meine plötzliche Eingebung, sofort das Weite zu suchen, wurde zunichte, weil er erwachte. - „Du willst schon weiter?" fragte er verdutzt.
„Warte!" Er zog aus seiner schmierigen Jacke einen Zettel und einen Schreiber hervor. „Wenn du in die Stadt kommst, ruf´ dort an und frag nach Bruno. Wenn du in den Süden kommst, ruf die andere Nummer an und frag nach Felix. Kommst du aber in den Westen, geh gleich ins CAFE ANITA und frag nach Klaus. Den Osten muss ich momentan meiden. Alles Gute!" Er streckte mir eine schwielige Hand hin, ich nahm sie. Ich sah ihn nie wieder, bald darauf kam er ins Gefängnis.

Einige Zeit war ins Land gegangen, LANDSTREICHERZEIT, der LANDSTREICHER durchmisst keine Höhen und keine Tiefen, außer in der kalten Jahreszeit, wenn er sich verkriechen muss, wie ein Tier, er hat keine Tagesaufgabe und kein Bankkonto, kein Arbeitspensum und keine Freizeit, keiner kann ihm etwas vorschreiben, höchstens er sich selber.

Ich fand zu essen oder erbettelte mir etwas, man wies mir ein Lager zu oder ich schlief im Freien, manchmal, selten genug, kaufte ich in irgendeinem Provinznest ein, meistens Konserven; Speck und Brot bekam ich von den Bauern, auch Schnaps, dessen Wirkung ich zu schätzen lernte. In kleinen Mengen wirkte er durchaus kräftigend auf Körper und Geist, reinigte und desinfizierte Wunden und Geschirr, schließlich auch meinen Leib, indem er Insekten, Würmer und allerlei Kleingetier, welches sich schamlos aus meinen Körperöffnungen bedienen wollte, lähmte, oder zumindest einen Gutteil davon unschädlich machte. Schon längere Zeit trieb ich mich in einer bewaldeten Hügellandschaft herum, mit Flüssen, Bächen und Seen reich an Wasser; ich zählte weder Tage noch Stunden, die Tiere des Waldes wiesen mir die Wege, ich gehörte allein mir selber.

Ich witterte Menschen. In einer Gegend, wo normalerweise keine Menschen hinfanden, allenfalls Pilzesammler oder auch Forscher, Einsiedler und eben LANDSTREICHER, witterte ich Menschen, die weder das eine noch das andere waren, sondern eine versprengte Gruppe von etwa einem halben Dutzend Leuten, ängstlich, lauernd, ungeschickt, nichts Gutes im Schilde führend. Sie waren in der Überzahl, ich hatte keine Chance gegen sie. Gewiss, ich konnte schießen, aber kaum auf alle gleichzeitig, auch hatte ich das Gefühl, dass sie selber Schusswaffen mit sich führten. Ich sah lediglich zwei - schwache - Möglichkeiten: einerseits war ich nächtens schnell, vielleicht schnell genug, um bewohntes Gebiet zu erreichen, andererseits konnte ich mich besser orientieren, ich war lange genug LANDSTREICHER.

Doch ich sollte mich täuschen. Als ich anderntags auf eine Lichtung trat, sah ich mich von vier oder fünf Gestalten umringt, finstere, bösartige Halunken, keine weltanschaulich irregeleiteten, spätpubertären Trotzköpfe, sondern zu allem entschlossene Grenzgänger, die Vorhut einer Menschenschieberbande, zahnlückige, fiese Schlitzohren, die keinen Zweifel daran ließen, dass sie mich jetzt bis aufs Hemd auszurauben gedachten.

Sie wollte mir nichts tun, zumindest nicht körperlich. Ein untersetzter, bärtiger Mensch fuchtelte mit einem Springmesser vor meiner Nase herum und bedeutete mir, ich solle mich ausziehen. Bald stand ich splitternackt da, während die anderen Räuber hastig meine Habe durchwühlten. Sowohl das sorgsam gehütete Bargeld, wie auch die Pistole des Komponisten, Armeeschlafsack und Stablampe fielen ihnen anheim, sie ließen mir lediglich das, was ich auf dem Leib getragen hatte; ich durfte mich wieder anziehen. Sie brüllten sich gegenseitig in einer dumpfen, slawischen Sprache an, offenbar ihre eigene Methode, die Freude über einen gelungenen Coup auszudrücken, und rannten im Laufschritt davon, obwohl ich mir kaum irgendeinen Nutzen davon versprechen konnte, ihnen jetzt hinterherzuhechten.

Langsam, ganz langsam wurde mir die Tragweite des soeben Geschehenen bewusst, ich setzte mich auf einen Baumstumpf und dachte nach. Dass ich einige Zeit ohne Essen auskommen konnte, wusste ich, die Gegend war reich an glasklaren Bächen, auch dürsten sollte ich nicht, auch war ich mir nicht zu schade zu betteln, auch kleinere Diebstähle nahm ich in Kauf, allerdings: wen sollte ich anbetteln, wen bestehlen?

Vereinzelte Gehöfte gab es hier keine, die Gegend war wild und verlassen, nach etwa einer Stunde langsamem, fast schon bedächtigen Fußmarsches stieß ich auf eine schlecht asphaltierte Landstraße dritter Ordnung, irgendwohin musste sie führen. Ich ging in der ungefähren Richtung, aus der ich einmal gekommen war, ganz fern war sie plötzlich, die Hauptstadt, ganz fern war auch die SONNEN-NELKE, an die mich eine merkwürdig plastische Erinnerung befiel, als ich da diese Straße entlang ging, langsam schlendernd, ich musste Kräfte sparen.

Der Landstreicher-Instinkt war fort, offenbar funktionierte er nur in Verbindung mit der Grundausrüstung und einem Notgroschen, ohne dieses war ich ein Springer ohne Fallschirm, die Witterungsfähigkeit war erloschen, ob nach Mensch oder Tier, Essbarem oder auch der Magie des Standorts; der Schock saß tief in den Knochen. Mein

Selbsterhaltungstrieb war reduziert auf die rein rationale Ebene; ich wusste, nun gab es kein Entrinnen, ich musste den Pfarrer finden, der nächste Winter kam bestimmt.

Ein Auto nahm mich mit, ein alter, schwerer Wagen mit einem kantigen Mann am Steuer, mit steinerner Miene lenkte er das Gefährt über die kurvige, unebene Straße, in Gedanken rekapitulierte ich den Weg zu dem Geistlichen, es war schwierig, als LANDSTREICHER hätte ich ihn im Schlaf gewusst, gleich einem Vogel oder einer verirrten Katze, doch in diesem Moment war ich kein LANDSTREICHER mehr. Die Erkenntnis ließ mich ermüden, eine bleierne Schwere ergriff von mir Besitz, ich verfiel in apathisches Dösen, bis der schwere Wagen plötzlich anhielt und der Fahrer mir bedeutete, auszusteigen, denn weiter fahre er nicht; abermals wusste ich nicht, wo ich war.

Es war ein Gestüt gewesen, wo der Mann stehen geblieben war, um mich meinem ungewissen Schicksal zu überlassen, in eine staubige Einfahrt war er eingebogen und schließlich meinem Gesichtsfeld entschwunden, in einer großzügigen, weitläufigen Anlage mit gepflegten Stallungen und einem schmucken Wohntrakt; noch vor Tagen hätte ich dort unbekümmert vorgesprochen und gefragt, ob ich mich nützlich machen könne, Arbeit gab es dort genug und zu essen auch. Doch ich fühlte mich kraftlos, leer, wollte unbedingt zu dem Pfarrer, zu meinem Geld, welches ich ihm vor gut eininhalb Jahren zur Aufbewahrung hinterlegt hatte, wenigstens war mir der Name jener Ortschaft wieder eingefallen, von wo aus ich den Bus hätte nehmen müssen, der mich allerdings nicht ans Ziel bringen konnte, damals, ganz am Anfang meines LANDSTREICHER-Daseins, mutig, forsch war ich geschritten durch Weingärten, Felder und Wiesen, doch die Erinnerung war blass, undeutlich, schemenhaft, wer mochte ich gewesen sein? –

Gegen Mittag erreichte ich eine Ortschaft, in der es einen Bahnhof gab, zwei weitere Autos hatten angehalten, im ersten, einem Lieferwagen, ein mürrischer, unrasierter Zeitgenosse, der ständig auf einem Zahnstocher herumkaute und vor sich hinschimpfte, er warf mich bald hinaus, er müsse zurück, er habe etwas vergessen; ich trug es mit Fassung, zu verlieren hatte ich wahrlich nichts mehr. Die Straße wurde etwas breiter, jedoch kaum besser, als nächstes hielt ein Kleinwagen mit einer biederen Hausfrau von einigen vierzig Jahren; sie schwatzte unaufhörlich und fuhr entsprechend unaufmerksam, sie gab vor, den Ort zu kennen, in dem der Pfarrer wohnte, sie erklärte mir weitschweifig, dass ich ohnehin zunächst in die Hauptstadt müsse, eine Umfahrung wäre wohl theoretisch, topographisch möglich, doch kaum ohne eigenes Fahrzeug, und ich sei ja wohl auf die Bahn angewiesen. Sie könne aber einen kleinen Umweg machen, über einen Marktflecken mit einem Bahnhof und mich dort aussteigen lassen; es sollte mir recht sein. Kurz überlegte ich, sie einfach ihres Kleinwagens zu berauben und mein Glück solcherart zu versuchen, doch siegte die Vernunft, und ich tat mir diesen Missgriff nicht an, im Grunde war sie, bei aller Schwatzhaftigkeit, eine nette, hilfsbereite Person; als ungeübter und ortsunkundiger Autofahrer wäre ich womöglich nicht allzu weit gekommen und hätte mir überdies eine Menge Scherereien eingehandelt. Doch als ich an jenem Bahnhof ausstieg, fragte ich sie unverblümt, ob sie mir Geld für die Bahnfahrt vorstrecken könne, mein Geld sei eben dort, wo ich nun hinmüsse, es zu holen, sie müsse mir nur ihre Anschrift oder eine Bankverbindung nennen und bekäme dann ihr Geld zurück; über ihr Gesicht huschte ein merklicher Schatten der Verärgerung, doch zückte sie die Geldbörse und drückte mir etwas in die Hand, mit der unwilligen Aufforderung, ich möge mich jetzt trollen und ihr nie wieder begegnen.

„Ihr seid doch alle gleich", schimpfte sie mir nach, „und dann wundert ihr euch!" Krachend legte sie den Gang ein und fuhr los; über was ich mich wundern sollte, blieb mir verborgen, allenfalls wunderte ich mich über ihren plötzlich aufwallenden Zorn, sie hätte meine Anbettelei auch mit einem schlichten Nein abtun können.

Ohnehin hatte ich nicht vorgehabt, eine Fahrkarte zu kaufen, in die Stadt nicht, und anderswohin auch nicht, ich wollte lediglich etwas Bargeld, um mir irgendwo etwas zu essen kaufen zu können, der Weg war nicht unbedingt weit an Entfernung, doch umständlich und zeitaufwändig, ich lebte bereits wieder nach dem Diktat der Zeit, denn ich war kein LANDSTREICHER mehr, sondern ein hergewehter Niemand, der sich in allzu menschenleerer Gegend hatte ausrauben lassen, nichts besonderes, Pech eben; und nun versuchte ich zu retten, was meiner Ansicht nach zu retten war, Bargeld eben, bei einem Dorfgeistlichen vor längerer Zeit deponiert, nicht etwa meine Existenz als LANDSTREICHER, sie verpuffte, verrauchte, verlor sich im Nebel eben jenes Tages, der mit einem grellen Missgeschick begonnen hatte; er konnte, sollte sich kaum mehr zum Guten hin wenden.

Als der Zug ankam, stieg ich ein, schloss mich in der Zugtoilette ein, lauschte und spähte aus dem geöffneten Fensterschlitz. Im Zielbahnhof angekommen, wartete ich einige Minuten und verließ dann unbehelligt den Zug; es war bereits Nachmittag.

Die Geräusche, Stimmen und Gerüche des großen Bahnhofs waren gleichzeitig vertraut und doch fremd, die Zugdurchsage über den krächzenden Lautsprecher klang in meinen Ohren wie eine Fremdsprache, es hallte, knisterte und wabberte, meine Knie waren weich und mein Schritt unsicher, taumelnd erreichte ich einige Querstraßen weiter eine mir bekannte Metzgerei, kaufte etwas zu essen und eine Flasche Bier, verschlang es hastig an der nächsten Straßenbahn- haltestelle, schüttete in wenigen Minuten das Bier hinunter und brachte die leere Flasche zurück, jeder Groschen war jetzt wichtig.

Ohne mir allzu viel davon zu versprechen, ging ich in eine Telefonzelle, wählte die Nummer und fragte nach Bruno. „BRUNO??" eine schrille, gedehnte Frauenstimme konnte offenbar mit dem Namen nichts anfangen, es war auch kaum anzunehmen, dass mein flüchtiger Bekannter wirklich Bruno hieß.
„Wer spricht denn?" fragte eine ruppige Männerstimme.
„Markus", sagte ich wahrheitsgemäß, bis heute ist mir unklar, warum ich meinen richtigen Namen nannte. „Hör zu!" Die Stimme war hart, aber nicht unfreundlich. „Der Bruno ist hier nicht. Und der wird auch hier nicht mehr herkommen. Kein Bruno mehr da! Bruno sitzt! Capito?!" Der Mann hängte ein,

seine Erfahrungen mit Bruno dürften eher zwiespältiger Art gewesen sein.

Der Tag wurde heller, hatte sich vorher die Sonne nur vereinzelt hinter einer grauen Wolkendecke gezeigt, so gelang ihr nun der Durchbruch, freundlich schien sie auf die Wein- und Obstgärten, auch auf jene behäbige Zuggarnitur, in der ich nun saß, ohne Fahrschein, lediglich mit einem im Grunde lächerlichen Betrag Bargeldes in der Tasche, eben das, was mir die Hausfrau überlassen hatte, abzüglich dessen, was ich in der Metzgerei und in der Telefonzelle gebraucht hatte, also wahrlich nicht viel. Allerdings war ich der einzige Fahrgast in diesem Wagen, ich stellte mich schlafend, der Schaffner kam, schaute und ließ mich in Ruhe.

Den Busfahrer wiederum sprach ich direkt an, ich sei bestohlen worden, ich müsse zum Herrn Pfarrer, und ob er mich mitnehmen könne, ich sei auch bereit, ihm das Fahrgeld nachzuzahlen; er schnaubte unwillig. Was ich denn wolle bei dem Pfarrer, so fragte er gereizt, auf meine Antwort, ich bräuchte seine Hilfe, knurrte er fast verächtlich, dem sei doch selber nicht mehr zu helfen, ließ mich aber einsteigen; eine böse Vorahnung beschlich mich.

Ich fand den Pfarrer weder in der Kirche noch im Haus, auch von dem Faktotum fehlte jede Spur, lediglich der schwarze Kater döste im Vorgarten, ich streichelte ihn kurz, wollte hinter das Haus gehen, als sich mir ein baumlanger, schnauzbärtiger Mensch mit einem großen Holzrechen in den Weg stellte. - „Pack dich, Strauchdieb!" schnauzte er mich an. „Auf so Leute wie dich haben wir gerade gewartet! Meinst wohl, du kannst hier einsteigen! Ab mit dir, bevor ich mich vergesse!" Meine Antwort, ich hätte nicht die Absicht, einzubrechen, suche lediglich nach dem Herrn Pfarrer, schien ihn nicht zu interessieren, er trat mit dem Fuß nach mir, ohne mich jedoch zu treffen, ich suchte das Weite; schließlich war ich nicht hergekommen, um mich zu prügeln.

Wo der Pfarrer sein mochte, hatte ich keine Ahnung, wo mochte ein Dorfgeistlicher schon sein, hatte er Besorgungen zu verrichten, Sterbende zuhause zu betreuen, Besprechungen auswärts, suchte er gar immer noch einen Organisten; gar rätselhaft kam mir plötzlich das Wirken eines Landpfarrers vor, was tat er, wie sah sein Tagesablauf aus, den er sich zweifellos weitgehend selber gestalten konnte? Gedankenverloren hatte ich mich auf eine Bank vor der Kirche gesetzt, genoss die linde Nachmittagssonne eines Spätsommertages, oder auch Frühherbst, ich hatte keine Ahnung, welcher Tag war, ob September oder bereits Oktober, auch auf den kleinen Bahnhöfen war es mir egal gewesen, die Züge fuhren ohnehin nur in zwei Richtungen, hier döste ich nun auf jener Bank, doch nicht mehr das meditative Dösen des LANDSTREICHERS, sondern die Mattigkeit eines psychischen Erschöpfungszustandes; ich war ein Reisender an einem Zielbahnhof, den ich niemals angesteuert hatte, hergeweht aus der Fremde, fernen Gestaden ohne Anfang und Ende, wartend auf den Erlöser in Gestalt jenes Pfarrers, irgendwann würde, musste er ja in die Kirche - seine Kirche - zurückkommen, doch wenn zuvor der Teufel getrachtet hätte, mich zu holen, so wäre ihm von meiner Seite auch kaum Widerstand entgegengesetzt worden.

Ich dachte an den ruppigen Kerl, der mich gerade verjagt hatte, ein sonderbarer Mensch im Garten eines Pfarrhauses, allerdings musste ich ihm zugute halten, dass ich wahrlich den Eindruck eines „Strauchdiebes" - wie er sich ausgdrückt hatte - hinterlassen mochte, ich war verwahrlost, abgerissen, verkommen; was mochte so einer schon beim Pfarrer wollen, außer betteln oder stehlen?

Eine alte, von der Last des Lebens gebeugte Frau schlurfte herbei, nickte mir flüchtig zu und verschwand zunächst in der Kirche, verrichtete dort offenbar still ihre Andacht, denn ich hörte nichts, obwohl das Portal offenstand. Doch bald kam sie wieder und setzte sich unaufgefordert zu mir auf die Bank.
„Du willst zum Pfarrer?" fragte sie mit brüchiger, weinerlicher Stimme, verfiel aber sofort in einen langgezogenen Klagelaut, bewegte in einer eigentümlichen, wie ferngesteuerten Mechanik ihre gichtigen Hände auf dem Schoß hin und her, um dann vertraulich, fast verschwörerisch zu raunen:

„Geh aus dem Ort hügelan. Vor der Hügelkuppe rechts, ein Stück in den Wald. Dann kommen ein paar Häuser, du kannst sie von hier aus nicht sehen. Eines davon ist der Pauli, ein Weingasthof. Und dort sitzt er, der Pfarrer." Ihre Zappelei ging nun auf den ganzen Körper über, die Füsse wackelten, der Kopf wackelte, auch ihre Stimme kippte wieder in greisenhaftes Tremolieren.

„Nein, es ist ein Kreuz, sag ich dir. Es ist so schade. Die ganze Welt, ein Jammertal. Glaub mir, ich wär´ lieber tot. Es ist alles so traurig. Glaub einer alten Frau!" Mit erstaunlich festem Griff umfasste sie meinen Arm, während müde Alterstränen aus rotgeränderten Augen über ihre pergamentene Haut rannen. „Es ist alles ganz entsetzlich, sag ich dir. Ganz allein bin ich nun. Furchtbar ist das alles. - Und jetzt geh. Geh zum Pfarrer, er soll für uns alle beten, sag ihm das!" Die letzten Worte waren mit einem harschen, bitteren Unterton gesprochen, der sich mir nicht erschloss. Allerdings ging mir der resignierende Weltschmerz der Alten zunehmend auf die Nerven, ich erhob mich, drückte ihr kurz die Hand und machte mich auf den Weg zu dem Pfarrer, schließlich der eigentliche Grund meines Hierseins.

Zuerst glaubte ich, meinen Augen nicht trauen zu können, ich rieb sie, schaute weg, doch es bestand kein Zweifel, es war der Gesuchte. Dieser Mensch im fleckigen, zerknitterten Anzug mit den gedunsenen Gesichtszügen, der da inmitten offenbar honoriger Gesellschaft mit fahrigen Bewegungen nach einem Weinkrug langte, etwas auf seinen Rock verschüttete, der Wein troff ihm aus den Mundwinkeln und vom Kinn; es war der Pfarrer. Aus seinen einst wachen, lustigen Äuglein stierte er verschwommen ins Leere, sein Gesicht glänzte schweißnass, laut stellte er den Weinkrug zurück auf den Holztisch, hob die Hand, wie um Aufmerksamkeit heischend, legte die Stirn bedeutungsschwer in Falten, riss die trüben Augen auf, um im nächsten Moment wieder in sich zusammenzusinken, er langte nach einer Zigarette, man gab ihm Feuer, doch er beugte sich entweder zu weit vor, dass das untere Ende der Zigarette sich bereits schwarz verfärbte, oder zu weit weg, dass die Zigarette nicht in Brand geraten konnte; schließlich gelang es ihm doch.

Innerhalb von nicht einmal zwei Jahren musste sich dieser Mann hemmungslos dem Trunk ergeben haben. Es war der einzige besetzte Tisch in dem weitläufigen Lokal von ländlicher Eleganz, hier betranken sich die Bessergestellten, ungefähr ein Dutzend Leute gruppierte sich um den Pfarrer, auch einige Damen waren darunter, korpulente Mittvierzigerinnen, eingeschnürt in Trachtenkleidern, die fetten Hälse von Kropfketten umspannt, soffen sie alle Wein, schwatzten und rauchten, ich wirkte dort so verloren, wie ein Bierkutscher in einer Teestube oder, genauer, wie ein - gewesener - Landstreicher beim Nobelheurigen.

„Dieser Mensch da will was vom Herrn Pfarrer!" Artig, fast unterwürfig hatte ich den schlaksigen Kellner gefragt, seine dunkelgrüne Schürze war kunstvoll bestickt mit dem Emblem des Weingasthofes Pauli, dem Mann war nichts Menschliches fremd, ein anderer hätte mich gar nicht erst hineingelassen. Doch die Runde nahm keine Notiz von mir, ich baute mich vor dem Pfarrer auf und begrüßte ihn mit leiser, aber fester Stimme.

„Wer sind denn Sie?" lallte er. In seinen trüben Augen lauerten Ärger und Verachtung. „Ich habe Sie nie gesehen! Beichten Sie woanders! Ich kenne Sie nicht!" - „Doch, Herr Pfarrer, das tun Sie." Meine Stimme war ruhig, das Gesagte wohl überlegt, die polternde, unartikulierte Diktion des LANDSTREICHERS war verschwunden. „Sie haben einen Bruder, der Bankbeamter ist. Vor geraumer Zeit hat er mich an Sie verwiesen, in einer, sagen wir einmal: vertraulichen Angelegenheit." Der Betrunkene wurde rot vor Zorn. „Gut recherchiert, Freundchen!" die belegte Stimme wurde laut und rüde. „Aber wenn mein Bruder mir jemanden schickt, dann dreh´ ich dem stellvertretend den Hals um!" - „Das haben Sie nicht. Und ich habe Ihnen damals Geld anvertraut. Nicht viel, aber auch nicht gerade wenig. Ihre Haushälterin war dabei. Und dieses Geld brauche ich jetzt." - „Pah! Meine Haushälterin habe ich vor drei Monaten beerdigt. Und von jemand wie dir würde ich niemals Geld nehmen. Kann nur gestohlen oder ergaunert sein. Es sei denn" , hier verzog sich sein schweißglänzendes Gesicht zu einer höhnischen Fratze, „du hast es gespendet. Aus Reue. Für einen guten Zweck.

Aber auch daran kann ich mich nicht erinnern. UND JETZT PACK DICH! EINER WIE DU BELEIDIGT MEINE AUGEN! UNSER ALLER AUGEN! ER BELEIDIGT GOTTES AUGEN! VERSCHWINDE, VERKRIECH DICH WIE EIN TIER!" Er schüttete mir den restlichen Inhalt seines Weinkruges ins Gesicht, die übrigen Anwesenden versuchten, ihn zu beruhigen. Mich ignorierten sie geflissentlich.

Der Pfarrer stolperte, fiel in den Dreck und blieb liegen. Ich brauchte nur wenig nachzuhelfen. Seine Brieftasche war voll und schwer, sie barg viel mehr, als ich ihm einst überlassen hatte. Es wunderte mich, dass ein Dorfgeistlicher so viel Geld mit sich herumschleppte.

V.

Ohne Scheu nenne ich meinen richtigen Namen, meine letzte Wohnadresse, bei meinen Eltern, Namen und Geburtsdaten der Eltern, - ich weiß sie - Anzahl der lebenden Geschwister, wo leben sie, was machen sie, ich weiß es nicht, ich kann es nicht sagen. Ich suche um Arbeit und Unterkunft an, im nächsten Marktflecken, es ist mir egal, was ich arbeite, ich bin jung und kräftig, irgend jemand wird mich schon brauchen können.

Der mürrische Beamte nimmt die von mir ausgefüllten Bögen entgegen, kratzt sich hinter dem Ohr, schüttelt den Kopf und geht mit dem Stapel Papier unter dem Arm aus dem Zimmer; ich bleibe allein zurück. Hammerauer heißt der Mann, lese ich auf einem Namensschild, sein Büro und sein Schreibtisch sind angefüllt mit Akten, Laufzetteln, flüchtigen Notizen, offenbar ist er hier für alles zuständig, alles und nichts; denn der Ort ist nicht groß.

Nach einer Weile kehrt er zurück, einen jungen, zackigen Gendarmen im Schlepptau, ich gähne ihn an, nein, nicht schon wieder dieses Theater, was wollt ihr mir heute anhängen. „Das ist der Mann", sagt Herr Hammerauer, die beiden stecken die Köpfe zusammen und lesen sorgfältig miteinander meine Angaben durch.

„Ja, da, schau, hier", der Uniformierte deutet mit dem Finger auf etwas, „wie soll er das denn wissen können? Geburtsname der Mutter, die ganzen Daten? Nein, du, da stimmt was nicht." Und zu mir gewandt, in barschem, herrischem Polizistenton:

„Wo wohnen Sie?" Ich zucke die Achseln, ich habe bereits angegeben, unterstandslos zu sein.

„Wovon leben Sie?" Ich hebe die Arme, breite sie aus.

„Bakschisch", sage ich freundlich.

„Und da kommen Sie ausgerechnet hier her und wollen Arbeit und Wohnung!" schimpft Herr Hammerauer. Die beiden sehen sich eine Weile ratlos und hilfesuchend an.

„Sag's ihm halt!" knurrt Hammerauer Der Uniformierte strafft sich und sagt in allzu dienstlichem Ton:

„Die Person, die Sie zu sein vorgeben, ist längst tot. Verstorben, vor über einem Jahr. Sie müssen schon zu den Herrschaften gehen, die Sie hier als Ihre Eltern angeben. Wenn hier ein Irrtum amtlicherseits vorliegt, - wofür einiges spricht - so ist das nicht unser Bier. Wir sind weder befugt, noch beauftragt, das zu klären. Und jetzt verschwinden Sie! Wir könnten Sie wegen Herumtreiberei in Arrest nehmen, aber das wäre Ihnen wohl gerade recht. So spielen wir's nicht bei uns. RAUS!"

Tot bin ich also, seit über einem Jahr. Die Vorstellung erfüllt mich mit Heiterkeit, ich mache mich auf den Weg in den nächsten Ort. Die ganze Region wird bald von einem Geist heimgesucht worden sein.

Zu jener Zeit, in den Siebzigern, genügte noch das nahezu zeitgleiche Verschwinden eines Heranwachsenden und das Auffinden eines unbekannten Toten. Der Mann war bis zur Unkenntlichkeit verbrannt, in einem Seitentrakt eines verwahrlosten Gehöftes war Feuer ausgebrochen, möglicherweise gelegt worden, möglicherweise hatte der Mann selber ungeschickt mit Feuer hantiert, war mit brennender Zigarette eingeschlafen oder was der Möglichkeiten andere noch sind; eine alte Frau, die letzte Person, die in dem verkommenen Anwesen noch hauste, hatte zunächst selber zu löschen versucht, da sie jedoch kaum in der Lage war, dies fachmännisch auszuführen, hatte möglicherweise ihr Unvermögen erst jenem Manne das Leben gekostet, er wäre vielleicht noch zu retten gewesen.

Mittlerweile war das Feuer weithin sichtbar, Feuerwehrleute rückten aus und löschten professionell, sie fanden die Greisin erschöpft im Schlamm liegend, sie gab jedoch keinen Hinweis, dass sich eine weitere Person auf dem Hof befunden hätte, stammelte vielmehr nur wirres Zeug; da bei ihrem Geisteszustand nicht auszuschließen war, dass sie den Brand selbst verschuldet hatte, wurde sie zunächst in Gewahrsam genommen und bald darauf in eine Anstalt verbracht.

Mehrere Wochen danach wurde der Hof abgetragen, erst dann stieß man auf die verkohlte Leiche jenes Mannes. In der Tat muss er mir, was das geschätzte Gewicht, die Größe und auch das Alter betraf, ähnlich gewesen sein, auch hatte er, gleich mir, noch alle Zähne; was darüber hinaus die Eltern Stein und Bein schwören ließ, dass es sich ausgerechnet um MICH handeln musste, blieb mir verborgen; die Schwester hatte von vornherein ihre Zweifel, berechtigte, wie sich herausstellte.

Jene ländliche Tragödie spielte sich einige hundert Kilometer weiter im äußersten Süden des Landes ab. Dass in dieser Gegend eine entfernte Tante von mir lebte, - die ich seit den frühesten Kindheitstagen nicht mehr gesehen hatte und die aufzusuchen mir im Traum nicht eingefallen wäre - war ein weiteres Indiz. Die DNA-Analyse war noch nicht erfunden, Zahnschema und Fingerabdrücke von mir nirgends dokumentiert. Ein Verbrechen schloss man aus, es war wohl auch auszuschließen.
Irgendwann wurde ich auf dem großen Friedhof meiner Heimatstadt in einer Urne zu Grabe getragen, eine skurrile Vorstellung von dunkler, melancholischer Faszination, vor meinem inneren Auge sah ich eine schemenhafte Trauergemeinde, die mir nichts bedeutete, gemessenen Schrittes am Grab vorbeidefilieren, an einem kühlen, regnerischen Tag; die Schwester widersprach: nein, es war warm und sonnig gewesen.

Ich bettele und schmarotze mich durch die Region, begehe kleinere Diebstähle, mal eine Flasche Wein, mal einen Laib Brot, einerlei; wer kann schon einen Toten zur Verantwortung ziehen? In der übernächsten Gemeinde gibt man mir eine Fahrkarte, einfach, zweiter Klasse, heim zu den Eltern; was soll ich dort? Ich bin avisiert, aber man erwartet mich nicht, stumm drücke ich den Klingelknopf, die Glocke des Elternhauses, meines Elternhauses, schlägt an, sie hat sich nicht verändert. Die Schwester öffnet mir, streicht mir über das wirre Haar. „Markus ist wieder da", sagt sie leise. Die Mutter fragt mich, wo ich gewesen bin, ich sage es ihr. Sie begreift es nicht, will es nicht begreifen, kann es wohl auch nicht begreifen. Der Vater fragt, was nun werden soll; ich weiß es nicht. Er ist steif, hölzern, unbeholfen, er denkt sich, was er falsch gemacht haben mag, ich kann ihn beruhigen; er hat nichts falsch gemacht. Der Sohn, der vorgibt, nach LONDON zu wollen, aber nicht einmal den Weg dorthin antritt, er hat sich den Eltern entzogen. Ich bin nicht tot, sondern lebe, die Vorstellung reizt mich nicht, als Auferstandener im Elternhaus zu weilen, die gegenseitige Entfremdung wird sich verstärken; ich behalte recht. Ich fühle mich unwohl, die täglichen Verrichtungen sind mir suspekt, zu lange habe ich kein Bad mehr genommen, zu lange in keinem Bett mehr geschlafen; bald ziehe ich ein Matratzenlager bei der Schwester vor.

Bernhard, der Bankbeamte, schaut mich aus müden Augen gelangweilt an. Er erkennt mich nicht, ihm glaube ich es. Ich brauche ein Bankkonto, denn nun bin ich Zivildiener, eine schauderhafte Geschichte; aber auch das wird vorbeigehen. Manchmal klaue ich morphinhaltige Tropfen, nehme sie und wandere nachts ziellos durch die Straßen. Huren sprechen mich an, doch kann ich nichts mit ihnen anfangen. In der gläsernen Welt des Morphins ist für Sex kein Platz, er stört die Balance, irritiert die Schwingung, bringt das Gefüge ins Wanken. Bald gehe ich zurück in meine möblierte Souterrain-Wohnung, lege mich aufs Bett und schaue an die Zimmerdecke. In Kellern fühle ich mich halbwegs wohl. Bald ist wieder Dienstbeginn.

Sie zogen die Urne aus der Erde und entfernten den

Grabstein, meinen Grabstein. Es war eine mühsame, zeitraubende Prozedur, zumindest kam es mir so vor; aus der Ferne schaute ich zu, wie in Trance. Es wurde nie geklärt, wer der Tote war. Es musste sich um einen LANDSTREICHER gehandelt haben.

Horst Hufnagel

Geb. am 24. September 1956 übersiedelte 1974 nach Salzburg, um dort am Mozarteum zu studieren. Ausbildung zum Klavierlehrer, Lehrbefähigungszeugnis 1978. Zunächst Weiterstudium im Konzertfach, nebenher Tätigkeit als Lehrer und Korrepetitor etc.

1981-82 Gasthörer an der Jazzakademie Graz. Antiquitätenhändler. Später wechselnde Tätigkeiten als Koch, Handelsvertreter, Lastwagenfahrer, Hausmeister etc. Aufenthalte in Wien, Frankfurt/M., Giessen, Köln, Wiesbaden. Seit 1993 wieder wohnhaft in Salzburg, ab 1995 Bankangestellter ebd.

Schriftstellerische Versuche seit der Kindheit. Erhalten blieb ein experimenteller Roman „nun ist alles anders geworden" (Salzburg, Graz 1979-80). Der Roman „Die Sonne wirft lange Schatten" (Salzburg, Meran 1999-2001) fand bislang noch keinen Verleger.

Die drei ausgewählten Texte sind in der Ich-Form gehalten, wollen also keineswegs ihre Subjektivität verleugnen. Während „Versiedelt" und „Flirt" noch szenisch-episodisch gestimmt sind, ist „Der Landstreicher" auch lesbar als ein – zum Scheitern verurteilter – Versuch einer Selbstfindung außerhalb gängiger Konventionen.

BUCHLISTE AROVELL (Auswahl)

Reinhold Aumaier, Rutschbonbon
Martin Dragosits, Der Teufel hat den Blues verkauft
Ferdinand Götz, Gymkhana - Reiseberichte
Paula Jaegand, Es gilt (ArolaParola Nr.1)
Günther Kaip, Die Milchstraße
Wolfgang Kauer, Nachtseite
Verena Nussbaumer, Gehirnstürme
Dirk Ofner, Vom Randstein gekehrt
Christine Roiter, Irgendwann
Christian Weingartner, Was am Weg liegt
Peter Paul Wiplinger, Steine im Licht

Peter Assmann, bereits - bemerktes
Constantin Göttfert, Holzung
Verena Hirzenberger, Brückenkluft
Fritz Huber, Entsprungene Zwillinge
Irene Kellermayr, Meine Unruhe
Heidemarie Leingang, durchscheinend
Dorothea Macheiner, stimmen
Andrea Pointner, Eingeständnisse
Andrea Starmayr, Schatten / Bilder
Peter Paul Wiplinger, ausgestoßen
Paul Jaeg (CD-Hrsg.), Erlesenes hören

Christoph Janacs, Tauchgänge, (Anthologie)
Hermann Knapp, Odysseus im Supermarkt
Martina Kohlmann, Suche das Meer
Inge Koop, Spuren-Netze
Camillo Pizatto, Nahaufnahmen
Kurt Rebol, Zündblase
Johanna Tschautscher, Identität
Christian Weingartner, Reise-Blues
Paul Jaeg, Es zieht in Österreich
Christoph Janacs (Hrsg.), Unerbittliche Sanftmut
Paul Jaeg, alles noch unerlebt

Bestellungen arovell@arovell.at Zusendung portofrei!

Inhalt

Der Ruf der Großen Trommel   3

Flirt   28

Der Landstreicher   44

Horst Hufnagel, Der Ruf der Großen Trommel

Erzählungen

Arovell Verlag Gosau-Salzburg-Wien Mai 2008

Erzählungen

ISBN 9783902547576

Buchnummer b57

Cover: Nach einem Acrylbild von Paul Jaeg